SVELATO: JAXSON

EAGLE TACTICAL VOLUME UNO

WILLOW FOX

SLOWBURN
PUBLISHING

Svelato: Jaxson

Eagle Tactical Volume Uno

Willow Fox

Pubblicato da Slow Burn Publishing

© 2022

Tradotto da davide_angelino

CAPITOLO UNO

ARIELLA

Correvo per salvarmi la vita, ed era tutta colpa *sua*. I segreti mi avevano portata a più di mille chilometri da casa mia. Fuggii con un solo pensiero in mente: una seconda possibilità. Cominciare da zero era la mia unica possibilità di sopravvivere.

Strizzai gli occhi dietro gli occhiali da sole e li gettai sul sedile del passeggero, avendo difficoltà a vedere. I miei occhi si adattarono alla luce, ma la notte si stava avvicinando rapidamente mentre la luce del giorno spariva all'orizzonte.

Riuscivo a fatica a vedere la stretta stradina innevata di fronte a me.

Le strade ai piedi della montagna erano state da poco ripulite e cosparse di sale. I fari della mia cinque marce erano regolati a strane angolazioni, proiettando ombre sulla strada coperta di buche sotto la poltiglia di neve.

La macchina si scosse e sobbalzò mentre premevo il piede sull'acceleratore, facendo schizzare il mio caffè bollente e stantio dal porta bicchieri.

I miei occhi iniziarono a bruciare e si gonfiarono.

"Merda!"

Le lacrime minacciavano di scorrere dai miei occhi, ma non potevo piangere. Non era il bruciore del liquido ustionante a farmi male. Mi ero fatta questo da sola. Avevo incolpato lui, ma la colpa era anche mia.

Segreti circondavano il mio passato. Benjamin Ryan faceva parte di quei segreti, ma c'era più di quando lui si aspettasse. Vi erano segreti che non avrei mai potuto rivelargli, nemmeno quando venne portato via in manette.

Caricai in macchina tutto ciò che possedevo e mi allontanai in fretta dallo stato di New York. Ovviamente, non prima di aver trovato un piccolo cottage nel bosco che potessi permettermi in contanti, a scatola chiusa.

Avevo anche fissato un colloquio di lavoro in un resort nelle vicinanze, ma non ero sicura sarei riuscita ad avere un impiego subito. L'ultimo mi aveva rovinato la vita, e non potevo nemmeno metterlo nel curriculum.

Dovevo essere parsimoniosa con i pochi dollari rimasti a mio nome, che consistevano nei pochi spiccioli che avevo le portafoglio.

Ero amareggiata?

Eccome, cazzo, ma ero andata avanti, avevo ricominciato e pregato per una seconda possibilità. Un nuovo inizio era quello che cercavo, che desideravo, e l'unico modo per ottenerlo era trasferirmi.

Tornai ad usare il mio nome da nubile: Ariella Cole. Non mi stavo propriamente nascondendo. Dopo tutto, non avevo fatto niente di sbagliato o di criminale.

Non potevo dire lo stesso di lui.

Non volevo immischiarmi nei suoi affari illegali.

Avevo previsto di arrivare nella mia nuova casa prima che facesse buio, ma il colloquio al Blue Sky Resort si era tenuto di pomeriggio, un albergo per sciatori appena fuori Breckenridge, Montana.

La posizione prevedeva la sostituzione di altri impiegati nei loro turni, dal fare la cameriera presso il ristorante alle pulizie e fino ad occuparsi dell'affitto dell'attrezzatura da sci. Avrei preso qualsiasi cosa mi fosse capitata.

Il colloquio sembrava essere andato bene, e mi chiesero il permesso per un controllo sul mio passato. Non ne ero entusiasta ma non avevo scelta, e avrebbero scoperto che il mio ex-marito, Ben, aveva rovinato il nostro credito.

Non potevano rifiutarmi un lavoro per questo, vero?

Stava scontando una pena nel carcere federale per diversi reati. Non poteva essere usato contro di me, giusto?

Quando lasciai il resort, con il mio caffè fumante e bruciato, era già buio. La receptionist mi diede indicazioni dato che il mio telefono era senza batteria, e non ero sicura che il GPS funzionasse tra le montagne.

Mi diressi verso la mia nuova casa, sfinita, stufa, ed esausta dopo un lungo colloquio e un ancora più lungo viaggio attraverso il paese. Volevo esplorare la mia nuova casa, mettermi a letto sotto le coperte calde e dormire per una settimana.

Il recruiter mi informò che avrebbero controllato le mie referenze, e dovetti acconsentire ad un controllo.

Sembrava tutto a posto, e anche se speravo che il lavoro fosse mio, non c'erano garanzie. Non mi avevano ancora offerto nulla.

Rallentai, ma feci fatica a risalire la montagna.

Le gomme lisce persero aderenza, mentre stringevo il volante con tutte le mie forze. Il retro della macchina sbandò.

Cambiai marcia e premetti sull'acceleratore per scalare quella maledetta montagna gigantesca, quando la macchina iniziò a scivolare all'indietro.

"Merda!" urlai, calpestai il freno e la macchina iniziò girare su se stessa, scivolando lungo la strada ghiacciata della montagna. Mi sarei preparata all'impatto se avessi saputo come, ma volevo solo sopravvivere. Dovevo sopravvivere.

Il mio stomaco si strinse per l'angoscia. Le mie mani sudavano e rimasi aggrappata al volante, cercando di condurre la macchina lontano la pericolo.

Non avevo controllo sul mezzo, che sembrava avere una volontà tutta sua.

L'auto fece una curva e si schiantò contro un albero. Il finestrino andò in frantumi. Non fu abbastanza per fermare lo slancio che mi spingeva giù dalla montagna, e le ruote posteriori slittarono sulla strada.

Per miracolo, la macchina si fermò. Le ruote posteriori pendevano sul ciglio di un burrone.

La parte anteriore della macchina era stabile, ma... sarebbe forse caduta giù nel vuoto se mi fossi mossa improvvisamente?

Guardai nello specchietto retrovisore.

Si faceva sempre più buio, e non riuscivo ad accertarmi di quanto fosse profondo il precipizio, considerando però che l'intero tragitto su per la montagna era costellato di tornanti e pericoli, quasi sicuramente era un'altezza mortale.

Espirai piano, non potevo rimanere nella macchina. Dovevo cercare aiuto.

Non avevo visto neanche un' auto in strada da quando avevo cercato di scalare quella dannata montagna. Che ci fosse un motivo? Qualcuno abitava a Breckenridge, o ero l'unica abbastanza folle da andare fin lassù in pieno inverno?

Probabilmente avrei dovuto cambiare la mia macchina con un veicolo più adatto o un pick-up, ma non potevo permettermelo.

Ero a corto di soldi. Avevo speso ogni centesimo per arrivare a Breckenridge e per pagare in contanti lo chalet che avevo trovato sull'agenzia immobiliare online.

Il posto sembrava un vero gioiello, accanto ad un bellissimo fiume e ad una camminata dai negozi locali in città.

Questo significava che non ero la sola a Breckenridge, ma che gli altri erano abbastanza furbi da non viaggiare di notte sulla montagna.

Il mio telefono era spento, e anche se avessi avuto la batteria carica, sapevo che senza dubbio non ci sarebbe stato campo.

Non c'era campo nemmeno ai piedi della montagna, l'ultimo punto in cui ancora il mio telefono aveva avuto un briciolo di carica.

Non che avessi qualcuno da chiamare. Mia sorella si aspettava di sentirmi, ma non eravamo in ottimi rapporti. Era arrabbiata che fossi andata a Breckenridge anziché restare a New York con lei.

Non potevo restare. Dovevo allontanarmi il più possibile da New York e dai nemici che ci eravamo creati.

Guardai lo zaino alle mie spalle. Non potevo rischiare di prenderlo. Almeno finché non fossi uscita dalla macchina.

Con lenta precisione, tolsi la sicura e aprii piano la portiera. Non feci movimenti bruschi.

Anche se avrei preferito restare al sicuro dentro la macchina, il veicolo dondolava sul ciglio di un burrone. Non ero pronta a morire.

La macchina cigolò lamentosa mentre con cautela spostai il peso da un piede all'altro, fuori dall'auto.

Non potevo aprire facilmente la porta posteriore dalla mia posizione. La neve era alta parecchi centimetri e i miei stivali erano stipati nel baule.

Non c'era modo di spostarmi e prendere le mie scarpe calde e comode. Mi sarei fatta bastare i miei tacchi eleganti, in ogni caso non sarei uscita scalza. Sarebbe stato ancora più stupido con questo tempo.

"Okay, posso farcela," mi dissi.

Non c'era anima viva per strada, e non volevo nemmeno pensare quali animali selvatici come orsi e lupi uscissero durante la notte. Che fossero notturni o meno, non ne avevo la minima idea. Speravo di non incontrare nessun animale perché non avevo niente oltre alle mie mani per proteggermi, e beh, sarebbe stato meglio sdraiarmi per terra e fingermi morta.

Okay, prendere la mia borsa dal sedile di dietro non era facile come avevo pensato. Sospirai nervosamente, lo stomaco attorcigliato mentre mi misi piano al posto di guida, prendendo lo zaino dai sedili posteriori e la mia borsa da quello del passeggero.

Attenta a non fare movimenti improvvisi, mi allontanai dalla macchina, chiusi la portiera, misi la borsa nello zaino e me lo sistemai sulle spalle.

Le mie mani tremavano per il freddo e l'adrenalina che mi scorreva nelle vene. Frugai nelle mie tasche, tirando fuori un paio di guanti da guida in pelle. Mi sarei accontentata.

Con la luce del giorno ormai del tutto sparita, mi avviai sulla strada principale nella montagna.

Mi tenni al centro della strada innevata. Probabilmente avrei fatto prima a sentire che vedere qualcosa, ma non ci speravo troppo.

La luna splendeva di una tenue luce che illuminava il sentiero ricoperto di neve.

Non avevo una torcia, e l'oscurità della notte era sopraggiunta, il che mi ricordò che non vi erano città per miglia, poiché non vedevo luci nelle vicinanze.

Alzai gli occhi al cielo, la gelida aria notturna aveva fatto spazio al luccichio delle stelle che puntellavano il cielo scuro. Sarebbe stata una vista bellissima se non fosse stato per il freddo e il rischio di morire congelata.

I polmoni mi facevano male per il gelo. Ad ogni respiro, era come se mille coltelli mi pungessero i polmoni.

Con la giacca allacciata, abbassai la testa nel cappotto. Dovevo trovare riparo. Col sole ormai tramontato, la notte sarebbe diventata sempre più fredda.

Le mani tremavano anche con il calore dei guanti. Il ciglio della strada era difficile da vedere senza luce. Sembrava ancora più impossibile determinare se ci fosse traccia di un riparo.

Continuai a camminare sulla montagna. L'unico modo che avevo di capire che stessi andando dalla parte giusta era il vento che mi sferzava il viso, le mie impronte le uniche tracce del mio passaggio.

Non riuscivo più a vedere la mia macchina in lontananza. Il finestrino rotto non avrebbe offerto molto riparo dal vento, ma almeno sarei rimasta al caldo dentro il veicolo. Avrei anche potuto catapultare la macchina nel burrone però, se avessi anche solo spostato il peso.

Non serviva a niente rimuginare sulla mia decisione. Speravo solo che la strada principale mi avrebbe condotto a un vialetto, a una casa, a una baita, o a qualche segno di civiltà.

Brividi di freddo mi fecero lacrimare gli occhi, ghiacciando le mie ciglia e pungendomi le guance. Le mie mani erano atrofizzate e non avevo vestiti nello zaino. Congelata dentro e fuori.

Inciampai sui miei piedi.

Le dita dei piedi bruciavano per l'aria gelida che colpiva ogni centimetro del mio corpo. La sensazione andava oltre l'intorpedimento e il formicolio.

Caddi e mi preparai all'impatto mentre colpivo la spessa neve sulla strada, ingerendone una manciata. Sputai quanto potevo.

Le mie labbra erano insensibili, così come le mie guance.

Rabbrividii e mi raggomitolai in posizione fetale in mezzo alla strada innevata. Seppellii il mio viso lontano dal freddo, proteggendo le guance dal gelo, cercando un briciolo di calore e riparo dagli elementi. Avvicinai il mio zaino per ripararmi dal vento. Chiusi gli occhi.

Il mio corpo tremava, ma non era il freddo. Non come prima. Paralizzata. Nulla eccetto il vuoto, un'esistenza fredda e solitaria che mi pugnalava.

CAPITOLO DUE

JAXSON

Accesi la radio satellitare. Prendeva solo i canali trasmessi nell'aera intorno a Breckenridge.

Eravamo letteralmente nel bel mezzo del nulla. Proprio come piaceva a me. Avevo vissuto in Montana per tutta la vita, ero cresciuto in un piccolo paesino a poche ore da Breckenridge.

Alzai il volume della musica, lasciandola andare e prendendomi qualche minuto per me, dopo una lunga giornata passata a visitare la cittadina vicina, poi attraversai il passo principale verso Breckenridge.

Era tardi. La strada non era molto trafficata, men che meno durante una tormenta. Anche se al momento non stava nevicando, c'erano ancora parecchi centimetri di neve rimasti dall'ultima tempesta.

Con il mio pick-up non avevo problemi a risalire la montagna, avevo le catene alle ruote per quando il tempo si faceva più duro.

Rallentai sulla strada principale, vicino al passo nella montagna.

Alla vista di una piccola macchina appollaiata sul ciglio di un precipizio, parcheggiai il mio furgone e lascia il motore in folle, coi fari accesi.

Presi una torcia e uscii. Mi allacciai il giubbotto, dato che l'aria della sera era fredda.

Se qualcuno avesse avuto bisogno del mio aiuto, volevo essere preparato.

"Ehi? C'è nessuno?" chiamai, rivolto al veicolo. I finestrini erano in frantumi e le luci spente. Non c'erano segnali luminosi attivi.

Puntai la torcia sulla macchina. Non c'era traccia di nessuno all'interno. Probabilmente qualcuno si era fermato e aveva preso con sé il guidatore.

Chi sarebbe tanto pazzo da guidare mai una macchina del genere sulla montagna in pieno inverno?

Non c'era bisogno di una tormenta per sapere che servivano quattro ruote motrici e catene per affrontare la neve, senza considerare che quando la pioggia lavava via la neve, il ghiaccio e la tempesta rendevano la strada del tutto invalicabile.

Puntai la torcia sul terreno.

C'erano delle tracce, impronte femminili stando al tacco e al numero di piede, si dirigevano verso la strada principale. Illuminai più in lontananza. Le impronte proseguivano, ma la mia torcia non illuminava oltre il tornante.

Sospirando, tornai al furgone, saltai sù, grato del calore di quel rifugio.

Speravo che chiunque avesse avuto l'incidente fosse stato aiutato sulla strada per il paese.

Accesi il motore.

Col piede sull'acceleratore, risalii il passo, gli occhi sulla strada e sulle impronte nella neve, seguendole sulla montagna. Non volevo distrarmi e rischiare di non notare se la persona avesse cambiato percorso.

Fortunatamente, era stata abbastanza in gamba da rimanere in mezzo alla strada.

Aumentai la velocità, preoccupato e impaziente. L'ultima cosa che volevo era che qualcuno morisse congelato perché me l'ero presa con calma.

Dopo un miglio a nord vidi una figura sdraiata sulla strada, rannicchiata e immobile.

Lasciai l'auto accesa.

Era una persona, anche se da lontano non riuscivo a capire se fosse viva. Ipotizzai fosse una donna dalle scarpe.

Mi avvicinai.

Giaceva tremante sulla strada innevata. La donna era accucciata, uno zaino grigio-verde e il suo cappotto viola nascondevano qualsiasi traccia di essere umano, nel suo tentativo di coprirsi per rimanere al caldo.

Mi schiarii la gola, non volevo spaventare la donna.

Non reagì al mio approccio. Non era un buon segno.

"Salve," dissi e mi abbassai posandole una mano sulla schiena.

Almeno era viva. Il suo corpo tremava contro la mia mano. Era fredda come il ghiaccio, e non era difficile immaginare il perché.

Sentii che cercava di parlare, ma non riuscii a distinguere le parole.

"Sono Jaxson," le dissi, cercando di rassicurare la giovane donna che non avevo intenzione di farle del male. "Riesci ad alzarti?"

Mugugnò delle parole incomprensibili.

"Ti prendo in braccio e ti porto nella mia macchina." dissi.

Lei annuì leggermente, tirai un sospiro di sollievo vedendo che perlomeno rispondeva, anche se aveva troppo freddo per parlare.

La presi tra le mie braccia e la portai nel mio furgone.

Mi ci volle un attimo ad aprire la portiera del sedile anteriore con lei in braccio. La posizionai all'interno e mi affrettai a fare il giro fino alla portiera dal lato del guidatore. Salii nel furgone e alzai ancora di più il riscaldamento, puntandolo su di lei. Alzai la temperatura per scongelare la povera donna.

Rabbrividì sul sedile. Era stata sconsiderata ad abbandonare la sua macchina, camminare di notte al freddo, da sola.

Mi allungai verso il sedile posteriore per prendere una coperta che tenevo per le emergenze. Questa contava decisamente come un'emergenza.

Dispiegai la spessa coperta e l'avvolsi intorno al suo corpo per aiutarla a riscaldarsi.

Eravamo troppo lontani dal prossimo ospedale per controllare che non fosse ipotermia. Erano due ore di guida con tempo favorevole, e significava passare dall'altro lato della montagna, dove il meteo era imprevedibile.

"Da quanto tempo sei lì fuori?" chiesi.

Mi slacciai il cappotto e me lo tolsi dalle spalle. La macchina era già calda, troppo calda per me.

Lei non sembrava essere troppo accaldata, quindi non toccai il termometro e feci il possibile per mettermi comodo.

"Un po'," disse.

Era la prima volta che riuscivo a capire le parole che uscivano dalle sue labbra. Il tremolio nella sua voce era scomparso. Era silenziosa, le sue mani tremavano mentre le teneva aperte davanti sull'aria del riscaldamento.

Avevo paura a suggerirle di togliersi i guanti, preoccupato per l'ipotermia.

"Sono Jaxson Monroe," dissi, presentandomi una seconda volta. Forse non mi aveva sentito fuori, oppure aveva sentito ma non aveva risposto.

"Ariella Cole."

Sorrise, un ghigno ampio e luminoso sul viso. Aveva le guance rosse, ma almeno non erano livide o scolorite dal freddo.

Se fossimo stati nel cuore dell'inverno, avrebbe potuto fare molto più freddo. Era fortunata.

"Come ti senti?" chiesi.

Avevo un milione di domande, e più la guardavo, più mi rendevo conto di quanto fosse bella, quella bellezza da "ragazza della porta accanto".

Solo che non esistevano le ragazze della porta accanto, e il numero delle donne di Breckenridge era troppo basso per i miei gusti.

Onestamente, io avevo bisogno di una sola donna da amare e della quale prendermi cura per il resto della mia vita. Ovviamente, non era così semplice, niente lo era.

Era il fatto di averla salvata che mi invogliava a proteggerla? No, dovevo proteggerla. Non riuscivo a spiegare a quella sensazione avvolgente.

"Un po' più calda," disse, guardandomi e facendo un lieve sorriso. Il rosso fiammeggiante delle sue guance sembrava essere dovuto ad un leggero arrossire invece che dal freddo, stavolta.

Non potei fare a meno di chiedermi perché.

"Bene. Sono felice di essere riuscito a riscaldarti. Se ti metti la cintura, ci porterò sulla strada e in città in un attimo."

Non sarei andato da nessuna parte senza le cinture allacciate. Anche con pochi centimetri di neve sulla strada, era comunque pericoloso. C'erano animali selvatici che potevano attraversare la strada all'improvviso.

Ariella annuì, e le sue mani fremettero, ma riuscì ad allacciarsi la cintura. Feci lo stesso e riaccesi il motore.

Salimmo verso Breckenridge.

Non le chiesi se fosse lì che era diretta. Se avesse alloggiato da un'altra parte, le avrei trovato una stanza per la notte e avrei sistemato la situazione l'indomani.

"In città," disse, la sua voce poco più di un sussurro.

"Sì, Breckenridge. Ti prego, dimmi che è lì che stai andando."

Odiavo pensare che avesse sbagliato strada e che non avrebbe dovuto risalire la montagna.

"Sì, sto andando lì. Ho appena comprato una casa vicino al fiume. Anche se immagino che in questo periodo dell'anno sarò probabilmente congelato."

"L'hai forse comprata da Mason Reid?" domandai.

"Sì, come fai a saperlo?"

"È uno dei miei vecchi compagni dell'esercito, mio fratello," dissi. "So esattamente dove vivi. È un bel posto, piccolo, che è stato buttato giù e ristrutturato dal sottoscritto. Beh, io e Aiden."

"Chi è Aiden?"

I suoi occhi si strinsero mentre mi guardava.

"Un altro dei miei amici dell'esercito. Declan, Mason, Aiden e io abbiamo aperto un'agenzia di sicurezza privata, Eagle Tactical, qualche anno fa."

Non riuscivo a spiegarmi perché fossi così aperto con quella donna, disposto a rivelarle qualsiasi segreto se solo me lo avesse chiesto. C'era qualcosa in lei. Era forse il fatto che fosse carne fresca, e non avevo ancora avuto modo di assaggiarla?

"Vi siete arruolati tutti insieme?" mi interrogò Ariella.

Sorrise, continuando a guardarmi.

Il mio cuore sfarfallò nel petto, chiedendo a gran voce di essere liberato. Era da molto tempo che qualcuno non mi guardava in quel modo così raro e prezioso.

Risi, sperando non notasse la tensione sessuale che fermentava nel furgone. Per quanto mi sarebbe piaciuto agire di conseguenza, avevo un certo autocontrollo. Ci eravamo appena conosciuti. "Eravamo tutti nelle Forze Speciali dell'esercito."

Con gli occhi spalancati, fece una smorfia togliendosi i guanti. "Wow, una città di eroi."

Posai lo sguardo sulle sue dita lunghe e affusolate. Sembrava tutto okay, anche se erano un po' rosse, non c'era segno di ipotermia, il ché era un'ottima notizia.

"È il nostro motto" le dissi scherzando.

Rivolsi l'attenzione alla strada innevata, mentre ci dirigevamo ancora più a nord e raggiungevamo l'uscita per Breckenridge. "Non manca ancora molto."

"Okay," disse. "Bene. C'è qualche posticino tipico per mangiare un boccone? Sto morendo di fame, e non potrò andare a fare la spesa finché la mia macchina non verrà tirata fuori dal burrone." La sua voce era tenue, quasi assorta.

"Posso portarti alla Capanna del Taglialegna. Il cibo da loro è ottimo."

Era anche l'unico posto dove potevamo entrare alle otto passate. Per il paese era tardi, il bar era l'unico posto aperto, e non servivano una cena decente.

"Capanna del Taglialegna? Spero il cibo sia migliore del nome."

"Il proprietario è un mio amico."

"Merda. Mi dispiace," disse, scusandosi immediatamente. "Sarebbe magnifico" aggiunse.

Sembrò rilassarsi sul sedile e tolse la coperta avvolta intorno al suo corpo.

"Caldo?" chiesi.

Era un buon segno dopo il freddo che aveva patito poco fa.

"Sì. Potresti abbassare un po' il riscaldamento?"

Regolai il termostato nel pick-up, sperando di metterla un po' più a suo agio.

Faceva caldo. Abbastanza caldo da farmi venire voglia di spogliarmi fino a rimanere in boxer e nient'altro.

Non potevo farlo, non mentre guidavo con una ragazza in macchina.

"Grazie."

Portai il furgone su un vialetto di ghiaia e attraverso un fitto bosco prima di rallentare. "Ci siamo quasi," dissi.

Lei prese il suo zaino e lo aprì per tirare fuori la borsa.

Parcheggiai davanti al locale. Il ristorante di norma era chiuso il lunedì sera, ma avevo le chiavi. Aiutavo Lincoln ogni tanto, non con la cucina ma al bar. Lincoln abitava sopra il ristorante. Mi avrebbe aiutato, e beh, se non l'avesse fatto, sarei sicuramente riuscito a preparare qualcosa da mettere sotto i denti.

"Sembra chiuso." disse.

Le luci erano abbassate e non c'erano altre macchine nel parcheggio.

"Sono passate le nove. È tutto chiuso a quest'ora. Ho una chiave per entrare. Non preoccuparti. Non ci sono sistemi di allarmi o cose del genere da manomettere."

"Ottimo, perché non ho intenzione di passare la mia prima notte a Breckenridge dietro le sbarre." disse Ariella.

"Vieni." Scesi dalla macchina, mi avviai verso le scale del portico ed entrai. Provai ad aprire la porta ma era chiusa. Tirai fuori la chiave che tenevo per questo tipo di situazioni e aprii la porta, facendola entrare. "Prima le signore."

Mi guardò, sopracciglio alzato e un sorrisetto sghembo. Un attimo dopo, scrollò le spalle ed entrò.

"È molto bello," disse, guardando l'arredamento. "Mi dispiace per quello che ho detto prima. Divento nervosa quando ho fame."

Mi morsi la lingua per non commentare.

"Adoro il fatto che questo posto sia una vera baita. Si abbina perfettamente col suo essere la capanna di un taglialegna."

Era ovvio che stesse cercando di rimediare all'insulto che aveva lanciato prima in macchina. "È un locale che fa molto Paul Bunyan. Scommetto che il cibo è ottimo."

"Tra i migliori in Montana. Un vero pasto fatto in casa da uno dei migliori chef dalla zona. Non fosse il proprietario, mi preoccuperei che qualcuno cercasse di rubarcelo." dissi.

A dire il vero, io stavo cercando di rubarlo e convincerlo a farlo venire a lavorare con i ragazzi della Eagle Tactical a tempo pieno, ma non voleva. Amava troppo la cucina per tornare permanentemente sul campo.

Passi pesanti risuonarono sulle scale e un momento dopo, Lincoln entrò nel ristorante.

"Jaxson, cosa ci fai qui?" chiese Lincoln.

Pur essendo io stesso affamato, lo sguardo sul volto di Ariella indicava che lei moriva di fame.

"Prendo la cena. Non abbiamo ancora mangiato, speravo ci preparassi qualcosa in cucina."

"La cucina è chiusa, ma per te e per la bella signorina, posso fare un'eccezione." disse Lincoln sorridendo. "Dov'è Isabella? Non dovresti essere a casa con lei? È tardi."

Stava cercando di rovinare ogni chance che avevo con Ariella? Non che ne avessi una, ma mi piaceva pensare che l'avessi.

"A casa, dorme."

Non elaborai oltre. Perché il mio fratello dell'esercito aveva dovuto tirare fuori Isabella?

"Hai un menù?" chiese Ariella a Lincoln.

Il modo in cui i suoi occhi si mossero sul corpo di Lincoln fece battere il mio cuore contro il petto.

Volevo che guardasse me così, non lui.

Ero un tipo geloso? Non ci avevo mai pensato troppo, considerato che non c'erano molte donne da corteggiare in città.

Lincoln sorrise e alzò gli occhi al cielo. "Non sei una di quei vegetariani, vero?"

Si avvicinò e sussurrò, "Faccio un'insalata incredibile, ma da queste parti l'orso è saporitissimo, da morirci."

Gli occhi di Ariella si spalancarono, e io cercai di non ridere alla battuta di Lincoln. Di solito non era così spiritoso, ma sembrava evidente che Ariella non veniva da questi boschi né da questo stato.

"Prendo l'insalata." mormorò Ariella. Sembrava assetata.

Non potevo evitare di fissarla, colpito dalla sua bellezza. Sotto la calda luce ambrata dei lampadari del ristorante, ebbi finalmente modo di vedere la sua carnagione rosea e la spolverata di lentiggini che le ricoprivano naso e guance. Aveva i capelli scuri e occhi verdi che mi toglievano il respiro.

Era bellissima e non solo perché era la nuova arrivata a Breckenridge, e non c'erano molte signore in città, soprattutto single.

Comunque, supponevo fosse single. Non ne avevo idea in realtà.

Speravo non fosse impegnata, dato che non indossava una fede nuziale. Non significava niente, però. Poteva averla portata a stringere.

Ma, se fosse stata sposata, dov'era il bastardo che l'aveva lasciata guidare fino a Breckenridge in quella macchina merdosa che non poteva risalire la montagna in inverno? Lo avrei ucciso se avesse anche solo torto un capello ad Ariella.

Sospirai, senza rendermi conto di quando fossi diventati protettivo verso una sconosciuta. Era solo questo, una giovane donna che avevo salvato dal freddo. Il fatto era che volevo saperne di più su di lei. Volevo scoprire chi fosse, perché era qui, e beh, se era single e alla ricerca di un letto caldo dove infilarsi.

Non potevo perdere l'attenzione e andare a letto con lei solo perché avevo delle voglie. No. Quei giorni erano finiti.

"Lincoln scherzava sul mangiare gli orsi. Prepara un panino eccezionale e il suo stufato è da acquolina in bocca."

"Stufato. Sembra delizioso." disse Ariella. Posò le mani sul tavolo di legno mentre ci accomodammo. Si tolse il cappotto e lo appese sullo schienale della sua sedia.

"Okay, perfetto. Vi porterò qualcosa dalla cucina. Mettetevi comodi e cerca di non rimanere vittima dei suoi patetici tentativi di provarci." disse Lincoln, indicandomi.

Volevo colpirlo.

"Cosa ti porta a Breckenridge?" domandai, guardandola mente il cuore mi scalpitava nel petto.

Anche se sapevo che aveva comprato uno chalet lungo il fiume, non sapevo perché. Mason non aveva detto altro oltre che aveva venduto la casa ad una persona che veniva da fuori città.

"Un nuovo inizio. Mi piace il campeggio e ho pensato, quale posto migliore per vivere del mezzo del nulla?"

Risi, e pur dubitando quella fosse tutta la storia, se non voleva dirmela, non l'avrei messa sotto pressione. "Hai scelto l'angolo più remoto del mondo, vero?" la stuzzicai. "Da dove vieni, Ariella?

"New York, ma sono cresciuta in Nebraska," disse e alzò una mano. "Niente battute sulle pannocchie, per favore."

"Non credo di conoscerne neanche una." Era chiaro che non amasse il Nebraska, e non potevo biasimarla. Nemmeno a me sarebbe piaciuto molto. Amavo

Breckenridge e anche se gli inverni potevano essere brutali, era bello quassù.

"Bene," disse e rise. I suoi occhi si posarono sul tavolo prima di alzarsi su di me. "Posso farti una domanda?"

Alzai le spalle. "Spara."

"Isabella è tua moglie o la tua fidanzata?"

Guardò la mia mano sul tavolo.

Nemmeno io indossavo la fede, ed era ovvio che lei stesse guardando la mano con insistenza.

"No, è mia figlia."

CAPITOLO TRE

ARIELLA

Volevo chiedergli chi fosse Isabella dal momento in cui Lincoln aveva menzionato il suo nome. Non sapevo come domandarlo senza ficcanasare o sembrare un'impicciona.

Doveva essere perché mi aveva salvato dal freddo, ma sentivo già un senso di attaccamento a lui. Aveva un nome questa cosa?

"Hai una figlia?" Rimasi sorpresa. Non avrei dovuto, dato che era dell'età giusta per avere figli. Lo ero anche io.

"Sì, ha tre anni." La sua espressione sembrava addolorata. I suoi occhi si socchiusero leggermente prima che riprendesse a parlare. "Sua mamma voleva darla in adozione e venne da me, aveva bisogno della mia firma per rinunciare ai miei diritti di genitore. Non riuscii a farlo. Mi rifiutai." Il suo respiro si fece più profondo e le sue orecchie avvamparono mentre parlava.

Annuii mentre ascoltavo ciò che era successo.

"Le mie opzioni erano la custodia totale o abbandonarla."

Lincoln portò due bicchieri d'acqua al tavolo, lanciando un'occhiata a Jaxson. "La cena sarà pronta tra poco," disse Lincoln.

"Grazie," risposi, alzando lo sguardo su Lincoln prima di rivolgere nuovamente la mia attenzione a Jaxson. "È a casa ora, Isabella?"

"Sì. Devo fare affidamento sui miei fratelli più di quanto vorrei nel crescere Isabella, ma a loro non sembra dare fastidio." Rise piano.

Mi ero persa la battuta? Non capivo cosa ci fosse da ridere. "Cosa c'è?"

Rise, scuotendo la testa. "Non farci caso. Non è importante."

Non capii a cosa non avrei dovuto fare caso dato che non sapevo di cosa stesse parlando.

"Okay," dissi, sollevata che Lincoln stesse portando il cibo al nostro tavolo. Il delizioso profumo dello stufato invase l'aria mentre lui ci portò due grosse ciotole, una per ciascuno.

"Grazie."

"Posso portarvi qualcos'altro?" chiese Lincoln, guardandomi.

Mi aveva riconosciuta? I miei polmoni si svuotarono.

Jaxson aprì la bocca. "Ci servirebbero dei cucchiai."

"Prendo un cucchiaio alla signora. Tu puoi prenderti le tue posate da solo."

Indicò Jaxson. "Non farti comandare da questo qui."

Simulai un sorriso. Probabilmente era stata la mia immaginazione. "Oh, non ne ho nessuna intenzione. Grazie per il consiglio." risposi.

Lincoln tornò in cucina, prese due posate e le riportò al tavolo.

"Grazie," disse Jaxson, prima che potessi farlo io.

"Fatemi sapere se vi serve altro," disse Lincoln prima di tornare in cucina.

"Sa come rendersi utile," commentò.

Presi il cucchiaio mentre il vapore risaliva dalla ciotola di zuppa. Ne presi un sorso e chiusi gli occhi. Mi godetti il sapore, il calore, il fatto che ci fosse un pasto nel mio stomaco.

Non ricordavo l'ultima volta che avevo mangiato durante la giornata. Il caffè bruciato che avevo preso al resort era stantio e non contava come pasto.

"Già. Lincoln è un bravo ragazzo. Dalla scorza dura, e Isabella era terrorizzata da lui, ma ora sono migliori amici. Declan viene subito dopo Lincoln, ed è divertente perché passa più tempo con lei. Giuro, è pronto a sistemarsi e diventare papà."

Presi un altro boccone di stufato, grata per il pasto caldo e confortante dopo una giornata disastrosa. "Declan è con lei adesso?"

Jaxson annuì tra i bocconi. "Sì. I miei fratelli fanno a turno per badare a lei quando non è all'asilo. Non potrei farcela senza di loro."

Prese un sorso d'acqua e alzò gli occhi su di me.

"Quindi, ti sei trasferita qui per scappare, un cambio di panorama."

Annuii, senza far trapelare altro.

Non poteva sapere perché ero venuta a Breckenridge. Non potevo rischiare di mettere in pericolo lui o la sua bambina.

"Hai figli?" chiese.

"Non che io sappia," risposi con lo sguardo su di lui, cercando di non ridere.

Lui sghignazzò e annuì. "Questa era buona. Tu sai cosa faccio nella vita. Che mi dici di te?"

"Stiamo facendo il gioco delle venti domande?" domandai, cercando di rilassarmi, anche se non era facile sotto il suo sguardo. Non potevo dirgli cosa facevo nella vita, o meglio cosa facevo prima.

Al momento ero disoccupata. Sapeva che non volevo essere maleducata. Questo era probabilmente la tipica conversazione che fanno gli abitanti di paesini.

Il fatto era che, nonostante fossi di New York, il mio lavoro mi aveva portato in giro per tutto il mondo.

Era pericoloso per lui sapere per chi avessi lavorato o cosa avessi fatto. Diamine, persino Benjamin, il mio ex-marito, non aveva idea di chi avesse sposato.

Vivevo tra i segreti, ci dormivo, e riconoscevo che fossero miei e soltanto miei.

"Scusami. Tra i miei fratelli e la bambina, non ho molte occasioni di parlare con una splendida giovane donna."

La stanza si riscaldò. Stavo arrossendo? Guardai la scodella di zuppa e mi sistemai una ciocca di capelli dietro l'orecchio. "Scommetto che sei abituato a flirtare. Sei un ex-militare, e si vede."

Era senza dubbio molto attraente, con muscoli definiti sotto la maglietta. Avevo lavorato con qualche uomo con un bel fisico, ma il modo in cui mi guardava, era chiaro che avessi la sua attenzione. Era piacevole.

"Che tu ci creda o no, la maggior parte del paese è sposato o è uno dei miei compagni."

"Non ci credo." C'erano almeno novemila abitanti a Breckenridge, almeno secondo internet.

Avevo fatto ricerche approfondite sulla città prima di trasferirmi.

"Vedrai." disse, con un sorrisetto furbo.

Risi sotto i baffi.

Speravo ci fossero più prospettive in questa città, non che Jaxson non fosse una meraviglia per gli occhi, e aveva un fisico incredibile, ma non volevo buttarmi addosso la primo ragazzo carino che avevo incontrato.

Era da parecchio tempo che non incontravo un ragazzo carino.

Ben, il mio ex-marito, era un bastardo. L'idea del matrimonio era come latte marcio. Non volevo avvicinarmici. Non ero lì per cercare una conquista o per sposarmi.

Non volevo sposarmi mai più. Una volta era bastata. Non ero neanche interessata a frequentare qualcuno, ma con i suoi occhi su di me, lo stomaco ingarbugliato, dovetti mettere da parte quei pensieri.

Finimmo lo stufato e Lincoln uscì dalla cucina per ritirare i piatti.

"Com'era?" mi chiese.

"Delizioso! Cucini sempre tutto?" Poteva essere il proprietario, ma questo non significava che si occupasse anche della cucina.

"Sì," rispose Lincoln, gli occhi che brillavano. Sembrava felice del complimento.

"Prenderei il conto appena puoi," dissi, non volevo trattenere Jaxson più tardi del dovuto, soprattutto sapendo che aveva una figlia a casa e uno dei suoi compagni ad occuparsi di lei.

Volevo offrigli la cena. Dopotutto, mi aveva salvato la vita poco prima.

Anche se non me lo potevo permettere, avrei trovato un modo.

"I tuoi soldi non servono a niente."

"Cosa?" Ero confusa.

Lincoln sorrise. "Offre la casa. Gli amici di Jaxson mangiano gratis. Almeno per la prima volta. Dopo di ché, si vedrà."

"Andiamo. Lascia che paghi. Lui mi ha salvato la vita. Non posso andarmene sapendo di essere in debito con voi per la vostra gentilezza."

Jaxson si coprì la bocca con la mano. Stava sorridendo come un idiota, cercando di trattenere una risata.

"Che c'è?" chiesi, puntando gli occhi su Jaxson.

"Non riuscirai a fargli cambiare idea. Lincoln è il più testardo di tutti. Ringrazia e falla finita, o non ce ne andremo più."

Spostai lo sguardo da Jaxson a Lincoln, guardandolo dal basso del mio posto a tavola. Torreggiava su di me. "Grazie," dissi, con sincera gratitudine.

Lincoln annuì. "Sono sicuro di rivederti in giro. Jaxson, chiudi tutto quando esci. Vado a pulire la cucina e poi vado di sopra."

"Certamente, capo." disse Jaxson, posando la mano sul tavolo, sogghignando. "Sei pronta per andare?"

Mi alzai e presi il cappotto. Senza dubbio mi sarebbe servito là fuori.

Mi rimisi la giacca e la chiusi completamente, indossai i guanti.

Non aspettavo con ansia il vento gelato e il freddo dell'aria esterna, ma non sarebbe stato per molto. Saremmo entrati subito nel pick-up di Jackson, e poi sarei stata a casa.

Jaxson mi condusse fuori, la mano sulla parte bassa della mia schiena. Cercai di nascondere il sorriso che balenò sul mio viso. Poteva vederlo anche lui? Era così ovvio che stare vicino a lui mi facesse sentire così libera e a mio agio?

Mi accompagnò fino al sedile del passeggero e mi aprì la portiera, porgendomi la mano per salire. Il furgone era molto più alto di me e dovetti fare un piccolo salto per raggiungere la pedana. "Grazie."

"È un piacere." Disse Jaxson.

Aspettò che mi allacciassi la cintura prima di chiudere la portiera, fare il giro del furgone e salire al posto del guidatore. Accese il motore.

Un accogliente getto di aria calda mi colpì in viso. Spostai le ventole, grata che la macchina non si fosse raffreddata da quando ci eravamo fermati per la cena.

Uscì dal parcheggio e ci allontanammo dal ristorante. "Devi fermarti a prendere le chiavi per lo chalet?"

Mi ero già dimenticata delle chiavi.

"Sì! Il proprietario aveva detto di aver lasciato le chiavi in una cassetta della posta in fondo alla strada. Mi ha fatto capire che fosse piuttosto lontano, come se fosse stato necessario guidare per arrivarci."

"Passeremo a prenderle sulla strada per lo chalet." disse Jaxson.

"Grazie. Pensi davvero a tutto, eh?"

Sorrise e ridacchiò piano. Le sue mani rimasero sul volante, la sua attenzione sulla strada.

Si prese il suo tempo per proseguire verso nord sul fianco della montagna.

Mi aggrappai alla portiera mentre i tornanti si facevano più ripidi, e ad ogni curva era sempre più difficile vedere.

I fari del furgone si riflettevano su di un leggero strato di nebbia che aleggiava nell'aria.

"Rilassati. È tutto a posto. Faccio questa strada tutti i giorni," disse, guardandomi.

"Lo so." Non lo sapevo, ma non volevo che si accorgesse del fatto che fossi spaventata a morte. Era ovvio?

"Okay, stalker," scherzò lui, sorridendo mentre si avvicinava, posando una mano sul mio braccio. "Ho guidato in condizioni peggiori. Non preoccuparti. Ti ci abituerai. Specialmente quando cambierai la tua macchina con qualcosa di più pratico."

"Cambiare la macchina? Credi che l'abbia distrutta?" L'avevo conciata per le feste effettivamente, rompendo i vetri e ammaccando i fianchi dopo lo scontro con l'albero.

Aveva ragione, e avevo bisogno di pensare a un mezzo di trasporto più affidabile per le strade di Breckenridge, ma come potevo permettermelo?

Jaxson posizionò nuovamente la mano sul volante. "Anche se la facessi aggiustare, non riuscirebbe a portarti sulla montagna durante una tormenta."

"E se la macchina avesse quelle cose di metallo sulle ruote?" chiesi, cercando di ricordare come si chiamassero.

"Le catene?"

"Sì, quelle." Speravo di poter comprare delle catene e sistemare la macchina, così da posticipare l'acquisto di un veicolo nuovo.

Le mie entrate erano ridotte. Avevo speso ogni centesimo per la proprietà e per guidare attraverso il paese fino in Montana. Non avevo un lavoro e il mio portafoglio era quasi vuoto.

Aspettò a rispondere. "Non ho mai visto una macchina come la tua da queste parti."

Guardai fuori dal finestrino, ammaliata dalla bellezza della notte.

Avevamo superato la nebbia, il che era strano visto che eravamo ad un'altitudine maggiore, ma a quanto pareva, si trattava solo di un piccolo banco sul fianco della montagna.

In lontananza, le luci di una piccola cittadina spalmata sulla valle risplendevano.

"È bellissimo qui." dissi, mentre lui rallentò e uscì dalla strada.

Jaxson abbasso il finestrino quando fummo davanti alla cassetta della posta e ritirò un mazzo di chiavi.

"Ecco qua." disse, porgendomi il freddo metallo.

"Grazie." Presi le chiavi con le mie mani guantate. Così come l'aveva aperto, Jaxson chiuse il finestrino e riaccese il motore, avanzando sul viale di ghiaia dentro la foresta.

Non potevo vedere nulla se non a pochi metri da noi grazie alla luce dei fari. Non c'era traccia di un cottage. "Quanto è lontano ancora?" chiesi.

"Ancora un miglio o due."

La neve scricchiolava sotto le ruote quando finalmente rallentammo all'ingresso. Le luci erano spente, la casa buia come la notte.

"A quanto pare nessuno ha lasciato la luce del portico accesa."

Ridacchiò.

"Cosa c'è da ridere?" chiesi, senza capire cosa ci fosse da scherzare.

Da fuori, gli esterni in legno avevano un bell'aspetto, rustici e ben curati. Era una vera baita, piccola e a un solo piano, dimensione perfetta per una persona sola. Non avevo bisogno di nulla di grande o costoso.

E poi, non potevo permettermi nient'altro.

Lui spense il motore del furgone e uscì al freddo.

Jaxson non mi rispose. Scesi dalla macchina, le mie scarpe affondarono nell'accumulo di neve fresca che non era stata spalata.

Il suo veicolo era passato con facilità, ma io inciampai sulla poltiglia di neve e sui gradini del portico coperti di ghiaccio.

"Stai attenta," mi avvertì Jaxson, il suo respiro sul mio collo mentre mi seguiva sugli scalini, la mano posata sulla mia schiena.

Voleva essere sicuro che non cadessi, o la vicinanza era qualcosa di più intimo?

Mi piaceva di già la sua compagnia, ma questo era pericoloso. Lo conoscevo a malapena, e aveva un figlio.

Complicato era a dir poco.

E questo senza considerare che c'era una taglia sulla mia testa.

C'erano parecchie persone che mi volevano morta. Vivere in mezzo al nulla avrebbe dovuto proteggermi, ma sarebbe bastato?

"Hai la chiave?"

"Sì," dissi, provando la chiave che Jaxson aveva preso dalla cassetta della posta. Entrò nella serratura facilmente, e la girai.

Aprii la porta, pensando che fosse caldo e accogliente. Di certo caldo non era però.

Rabbrividii e toccai il muro alla ricerca di un interruttore della luce. Niente. "Si gela."

"Lo chalet usa un camino a legna come riscaldamento." Si diresse immediatamente verso il camino e si abbassò. Prese qualche ceppo asciutto e preparò il camino. Jaxson impilò il legno e accese un fiammifero, il fuoco si accese lentamente.

"Ci sai fare," dissi, guardandolo incuriosita.

Era da anni che non accendevo un fuoco così. L'ultima casa aveva un camino a gas che prevedeva l'accensione di un interruttore. Non ero stata così fortunata qui. In ogni caso, il camino a legna sarebbe stato molto più caldo. "E le luci?"

Si avvicinò al letto, a pochi metri dal fuoco che prendeva vita.

L'open space non offriva della vera privacy, ma speravo che avesse aiutato a riscaldare lo spazio uniformemente.

La casa era arredata, il che era un bene visto che non avevo molto con me. La maggior parte delle mie cose era stata venduta a New York. Tutto il resto era stipato nel bagagliaio della mia macchina.

"Ecco qui." Jaxson prese una lanterna elettrica e me la porse. "Tieni delle batterie extra a portata di mano.

Il sorriso mi si spense sul volto. "Stai scherzando." Doveva essere una presa in giro.

Lo chalet aveva l'elettricità, vero?

Volevo vivere isolata, ma non avevo pianificato di vivere da primitiva.

"Su cosa?"

"Davvero non c'è la corrente elettrica in questo posto?"

Non potevo crederci! Come aveva potuto il suo amico vendermi una casa che non aveva l'elettricità? Non era stato menzionato, in un modo o nell'altro, nell'annuncio online.

"Hai comprato una baita nel bosco. Sei fortunata ad avere l'impianto idraulico."

CAPITOLO QUATTRO

JAXSON

Non conoscevo bene Ariella, ma non serviva essere telepatici per accorgersi che fosse arrabbiata.

Le sue mani erano strette lungo i fianchi, la mascella contratta e le sopracciglia aggrottate. Espirò rumorosamente, sebbene potesse essere perché in casa faceva molto freddo e lei era infreddolita.

Nonostante dovessi andare a casa da Isabella, non volevo lasciare Ariella da sola, al freddo e al buio. Se avessi saputo prima che fosse in arrivo, sarei passato ad accendere il fuoco nel camino.

Lo chalet era gelido, e ci sarebbero volute ore per riscaldarlo ad una temperatura decente.

"Non posso crederci," disse, camminando su e giù per la stanza, i suoi passi pesanti sul pavimento di legno. "Non mi sarei mai trasferita qui se avessi saputo che non c'era la corrente elettrica. Come posso sopravvivere senza un frigorifero?"

Volevo dirle di calmarsi. Era la risposta sbagliata? Odiavo quando i ragazzi mi dicevano di rilassarmi.

"Poterò qui il mio generatore, e possiamo collegarlo ad un frigorifero. Dovremmo andare in città domattina e prenderne uno. Posso portarlo qui con la macchina e metterlo in funzione per te."

Lei si lamentò.

"Non avevi notato la mancanza di frigorifero nelle foto?"

Le sue labbra si serrarono e strinse gli occhi. "Potrei aver avuto fretta di comprarla considerato il prezzo. Ora capisco perché era così a buon mercato."

Si passò una mano sulla fronte e si tolse lentamente i guanti.

"Senti, perché non torni con me stasera? Rimani a casa mia per qualche ora finché la baita non si riscalda. Poi posso riaccompagnarti qui o puoi tornare a piedi. Le nostre proprietà non sono molto distanti. C'è un ponte che attraversa il fiume. Io vivo giusto dalla parte opposta."

Sospirò e si umettò le labbra con la lingua. "Siamo vicini."

"Esatto," dissi. "Che ne dici? Posso portare qui il generatore domattina, e possiamo andare in città a prendere un frigo nuovo."

Lei esitò, spostando il peso da un piede all'altro.

C'era un'altra opzione che non stavo considerando? Non sapevo di nessuno che stesse dando via un frigorifero gratis, e il negozio di seconda mano più vicino era a ore da qui e non vendeva elettrodomestici. Era improbabile che qualcuno avesse un frigorifero in più, però i congelatori erano più facili da trovare dato che molti dei cittadini erano cacciatori che congelavano la carne.

"Starò bene stanotte. È stata una lunga giornata. Probabilmente dovrei solo mettermi sotto le coperte e andare a dormire."

"Se sei sicura?" non volevo farle pressione. "Ci sono altre coperte nell'armadio se hai freddo. Hai un telefono? Posso darti il mio numero in caso avessi bisogno di qualcosa."

Abbassò lentamente la cerniera del cappotto. "La batteria è morta. Dovrei ricaricarlo, ma sembra essere impossibile." Ariella sbadigliò e si portò una mano sulle labbra, come se potesse nascondere quello che stava facendo.

"Ti porterò un caricatore a energia solare domani. Ne ho uno in più." Feci un passo indietro verso la porta, non volevo rimanere più del dovuto.

Era tardi. Mia figlia era a casa e aveva bisogno di me.

"Grazie."

Mi diressi verso la porta. "Se ti serve qualcosa, sono dall'altra parte del ponte. Non è una camminata lunga."

"Starò bene, ma lo apprezzo."

"Chiudi tutto quando me ne vado. Molta gente non chiude le porte a chiave a Breckenridge, ma non dovresti prendere quell'abitudine."

Avevo visto troppe cose per lasciare la porta aperta.

Alzò un sopracciglio. "C'è qualcosa che devo sapere?"

I suoi occhi erano grandi e luminosi, di un intenso verde oliva che richiamava quello del suo maglione. Volevo avvicinarmi a lei, toccarle la spalla e rassicurarla che sarebbe stata bene, ma ci conoscevamo appena, e non ero tipo da promesse vane.

"È solo meglio prevenire che curare." risposi.

Non c'era niente o nessuno di specifico a causare guai.

In mezzo la nulla, nel bosco, era il luogo perfetto per individui dal passato oscuro che volevano nascondersi e rimanere fuori dai radar. Anche se non mi avevano mai disturbato, non potevo dire lo stesso per una bella e giovane donna, completamente sola.

Dovevo tenerla d'occhio e assicurarmi che fosse al sicuro.

"Ci vediamo domani."

Uscii e aspettai che la serratura scattasse prima di scendere dal portico e arrivare alla mia macchina,

Neve fresca iniziò a cadere, entrai nel furgone e me ne andai ripercorrendo la stessa stradina stretta che portava a casa sua. Sarei dovuto tornare sulla strada principale, poi dirigermi un miglio a nord prima della prossima uscita. Nonostante le nostre case fossero vicine, la distanza da percorrere con la macchina era maggiore che a piedi.

Più salivo verso nord, più neve sembrava cadere dal cielo. Faceva un freddo tremendo quando scesi dalla macchina.

Mi affrettai dentro casa, uno chalet in legno e due piani, e mi tolsi scarpe e cappotto. Il focolare era acceso, riscaldando e illuminando di luce ambrata il soggiorno in cui Declan si era addormentato.

Russava sommessamente. Una coperta di flanella a scacchi lo avvolgeva. Si era sdraiato sul divano, occupandolo interamente.

Non ebbi cuore di svegliarlo.

Declan era un buon amico, mi aiutava con Isabella. Non aveva figli suoi, ma era evidente che li desiderasse e sarebbe stato un padre fantastico un giorno.

Con le luci già spente, chiusi la porta di casa e salii piano le scale per controllare Izzie.

Raggomitolata nel suo letto, si rigirò quando entrai nella stanza.

Trattenni il respiro, non volevo svegliare la mia bambina. La guardai per un lungo istante prima di andarmene in punta di piedi dalla sua camera alla mia.

Esausto, collassai sul materasso, senza preoccuparmi di togliermi i vestiti.

Almeno le mie scarpe erano di sotto, accanto alla porta. Non potevo fare molto altro.

Chiusi gli occhi, pronto a lasciarmi vincere dal sonno quando un forte rumore vibrò per tutta la casa. Proveniva dal piano di sotto.

"Declan?"

In allerta, scesi in fretta dal letto e tirai fuori dalla cassaforte la mia pistola.

Avrei fatto tutto il necessario per proteggere la mia bambina.

In silenzio, scesi le scale, un gradino alla volta, per assicurarmi che l'intruso non potesse sentirmi.

Pistola spianata, misi la schiena contro il muro della scalinata.

Girai l'angolo e Declan sussultò, alzando le mani in segno di resa. "Piano, Jax. Non sparare."

"Cosa diavolo è stato?" chiesi, abbassando la pistola e rimettendo la sicura.

"Valanga. Terremoto. Chi lo sa?" rispose Declan. Si stropicciò gli occhi e passò una mano tra i corti capelli neri. "Ha buttato il mio culo giù dal letto e, chiaramente, ha fatto lo stesso con te."

Dubitavo si trattasse di una valanga o un terremoto visto il rumore. "Non stavo dormendo."

"Sei tornato tardi" constatò Declan.

"Hai ricevuto il mio messaggio dal ristorante?"

"Sì. Lincoln mi ha chiamato e mi ha raccontato della bella ragazza con cui hai cenato. Allora, lei chi è?"

Declan aprì il frigo e si prese una birra, che porto con sé sul divano.

Era sveglio e si aspettava di chiacchierare.

Io non ero dell'umore per bere.

Misi la pistola sul tavolino e mi sedetti sul divano con il mio compagno. "Ariella. Ha comprato la baita sul fiume, è la mia vicina."

Declan sorrise, un ghigno ampio. "È davvero uno schianto come dice Lincoln?"

Feci del mio meglio per non sorridere, ma fu difficile non rivelare come mi aveva fatto sentire al primo sguardo. A starle vicino il mio cuore aveva preso il volo, come un palloncino tra le nuvole.

"Sei proprio cotto," commentò Declan e si mise a ridere.

Non avevo bisogno che i miei amici si mettessero contro di me prendendomi in giro per Ariella. L'avrei probabilmente rivista, e non solo l'indomani.

"Sono solo stato amichevole e ho aiutato una vicina," mi difesi, cercando con tutte le mie forze di cambiare argomento. "A proposito, non aveva idea che la casa non avesse l'impianto elettrico."

"Cavolo," disse Declan. Prese un sorso di birra. "Scommetto che si è incazzata parecchio quando lo ha scoperto."

Quello era un eufemismo.

"Già. Le ho offerto il mio generatore e andrei in città con lei domattina a prendere un frigorifero. Dovrà fare qualcosa se pensa di vivere lì tutto l'anno."

"Non devi prenderti cura di lei, Jax. È una donna adulta." Disse.

Lo sapevo, ma non mi importava. In parte era una mia responsabilità. Cercavo sempre di raccogliere i pezzi quando i miei amici combinavano qualche disastro.

Io ero quello responsabile.

"Me ne rendo conto" risposi, e mi alzai.

Non mi serviva una paternale da Declan. Era più giovane di me, solo di un anno, ma mi infastidiva ugualmente quando cercava di darmi dei consigli

"Chi pensavi avrebbe comprato la casa?" domandò.

"Onestamente, pensavo sarebbe andata a qualche ricco della California. Gente di città che volesse una seconda casa isolata, in solitudine, dove potessero passare qualche settimana all'anno nella natura."

"Bel sogno. Nessuno viene qui solo per l'estate. Beh, quasi nessuno."

Sospirai.

Il nome celato a cui faceva riferimento era la madre della mia bambina.

Emma fu un flirt estivo, una donna che era venuta a Breckenridge per scappare dalla sua folle vita in città e rilassarsi per l'estate.

Aveva fatto ben più che rilassarsi. Si era infilata nel mio letto ed era rimasta incinta.

"Mi dispiace, non volevo tirare fuori il discorso" si scusò Declan.

Sapeva che odiavo parlare di lei. Non che fossi innamorato di quella donna; si era senza dubbio trattato di una scappatella estiva per entrambi, ma non fui entusiasta di sapere che aveva intenzione di dare isabella in adozione. Si presentò alla mia porta, e non per dirmi che era incinta o chiedermi di crescere il bambino con lei.

No.

Era venuta per chiedermi di firmare la rinuncia ai diritti genitoriali, cosa che mi rifiutai di fare.

"Io me ne vado, vorrei dormire qualche ora prima di andare al lavoro," disse Declan. "Hai bisogno di altro prima che vada?"

"Domani, quando andrai al passo nella montagna, la macchina di Ariella è finita in un fosso. Potresti tirarla fuori e portarla in negozio? Non sono sicuro sia adatta al meteo della montagna, ma le servirà qualcosa per muoversi in città. E trovale anche un paio di catene usate da mettere sulle ruote, per farla arrivare fin sulla montagna. Fammi sapere quanto costano e ci penserò io."

"Certo." Declan era il proprietario della carrozzeria in città.

Quando decidemmo di fondare la Eagle Tactical, assunse del personale, trovammo un meccanico e una squadra per aiutarlo.

"Sei il benvenuto a rimanere e dormire sul divano. Fuori sta nevicando, ma so che questo non ti ha mai fermato."

Era tardi e benché la neve avesse appena iniziato a cadere nell'ultima ora, era probabile che non avrebbe smesso.

Declan prese il suo berretto e la giacca, se la mise sulle spalle e la allacciò. Indossò gli stivali e poi i guanti.

"Divertiti domani con la ragazza nuova."

Mi fece l'occhiolino.

"Si chiama Ariella," lo corressi.

"Come vuoi. Lincoln dice che è carina, e le tue orecchie rosse dicono che ti piace. Non vedo l'ora di conoscerla. Se non ci metti sopra i denti, dovrò farlo io."

"È ora che tu vada." Lo accompagnai fuori dalla porta e la chiusi alle sue spalle. Mi passai una mano tra i capelli, boccheggiando.

Solo il pensiero che Declan potesse portarmela via mi faceva male.

Perché?

Non era mia. Non era di nessuno, beh, per quanto ne sapessi io. Non mi aveva esattamente raccontato la sua storia, perché era a Breckenridge, e se fosse single o meno - non che io fossi alla ricerca di qualcosa.

Ero un padre, il che veniva prima di tutto.

Portai la pistola di sopra e la misi al sicuro in cassaforte prima di spogliarmi e mettermi a letto in boxer.

Mi infilai sotto le coperte; la mattina sarebbe arrivata presto e la mia piccola mi avrebbe svegliato alle prime luci dell'alba.

Ancora per poche ore, potevo sognare Ariella, il suo sorriso e la sua risata, e lasciare gli incubi che mi tormentavano svanire nella notte.

CAPITOLO CINQUE

ARIELLA

Ebbi difficoltà ad addormentarmi. All'inizio, era a causa del freddo e del posto sconosciuto. Anche se era casa mia, non era calda o accogliente.

Le mie dita erano gelide sotto le grosse coperte, e avevo tirato fuori tutte le coperte e piumini extra che ero riuscita a trovare nell'armadio.

Nel mezzo della notte, gettai il legno rimasto nel camino, alimentando il fuoco per mantenere la casa al caldo.

Dopo un po' di tempo, non ebbi più bisogno delle coperte e mi addormentai con un caldo cocente.

Mi svegliai, sentendo il rumore di ruote all'esterno e un motore in folle. Che ore sono?

"Ariella," bussò velocemente.

"Solo un attimo," dissi dal letto. Le lenzuola erano annodate e metà delle coperte erano per terra. La stanza era soffocante.

Mi tirai su dal letto e non reagii come mi aspettavo quando i miei piedi toccarono il pavimento in legno. La casa era più calda rispetto alla scorsa notte.

Feci scattare la serratura e aprii la porta. Una ventata di aria fredda mi colpì in viso, obbligandomi ad indietreggiare.

"Porca miseria, fa caldo qui dentro," commentò Jaxson.

Si avvicinò al camino acceso e indicò l'angolo vuoto dove la sera prima erano accatastati ceppi di legno.

"Hai bruciato tutta la legna?"

"Non avrei dovuto?" Eravamo in una foresta, doveva essercene ancora in giro.

"Ci saranno quaranta gradi qui dentro."

Gocce di sudore gli imperlavano la fronte, si tolse guanti e cappello. I suoi occhi si posarono sul mio corpo, ricordandomi che avevo dormito coi i vestiti della sera prima.

Non avevo altri vestiti nel mio zaino. Le mie cose erano nel bagagliaio della macchina, abbandonata sulla montagna.

Stava esagerando. "Non fa così caldo."

Lui entrò nella baita, indicando il termometro affisso alla parete.

"Guarda qui," disse Jaxson.

Non volevo guardare e vedere che aveva ragione. "Difficile a dirsi, dato che non c'è corrente."

Jaxson sbuffò e si avvicinò alla finestra, aprendo le tende. "Ora ci vedi e non ti serve la torcia."

Mi stava facendo innervosire. Il guaio allo chalet non era colpa sua, ma questo non migliorava il mio umore.

Scivolai sui miei tacchi, non la scelta giusta per questo tempo, ma i miei stivali erano in macchina. Brontolai sottovoce, presi il cappotto dall'appendiabiti accanto alla porta.

"Voglio che mi porti dal tuo amico, quello che mi ha venduto la casa." Presi le chiavi e la borsa e spalancai la porta, girandomi. "Che aspetti?" chiesi.

Lui sospirò profondamente prima di seguirmi fuori dalla porta.

Mossi grandi passi sulla neve, in parte perché indossavo i tacchi e in parte perché ero arrabbiata. I miei piedi erano congelati.

Mi strinsi nella giacca così che lui non notasse il mio disagio.

Mi aveva fatto credere di aver fatto un vero affare con la casa, quando in realtà mi aveva fregata. L'avrei fatta vedere al suo amico, gli avrei dato quello che si meritava!

Aspettai fuori dal suo furgone. Il motore era acceso, ma le porte erano chiuse.

In un attimo lui raggiunse la macchina, aprì le portiere e mi fece entrare. "Grazie," dissi, salendo sul pick-up.

"Ciao!" squillò una vocina dal sedile posteriore. Spalancai gli occhi e mi girai per vedere chi altro ci fosse.

"Hai visto, papà non ci ha messo tanto," disse Jaxson alla bambina seduta dietro. "Ariella, vorrei presentarti mia figlia, Isabella."

"Ciao Isabella," dissi, forzando un sorriso. Era carina, con gli occhi del papà e capelli color mogano.

Non volevo sorridere. Non ero felice. La rabbia ribollì dentro di me mentre cercavo di allacciare la mia cintura. Mi tremavano le mani.

Il sorriso di Isabella brillò, incosciente della tensione tra di noi.

"Mi porti a casa di Mason?" chiesi.

"È al lavoro ora," rispose Jaxson. Posò le mani sul volante, ma non partimmo.

Rimanemmo nel vialetto, davanti allo chalet, imbarazzati.

Sapevo perché ero arrabbiata. Era tutta colpa del suo amico. Ma perché Jaxson sembrava turbato? "Allora portami dove lavora."

Era la soluzione migliore. Gliene avrei dette quattro, e forse avrei potuto sistemare la situazione con la casa.

Anche se non sapevo come l'avrei sistemata. Se anche lui mi avesse restituito i soldi e si fosse ripreso la proprietà, non avevo un posto in cui vivere. Un hotel sarebbe stato costoso, e un'altra proprietà a quel prezzo era introvabile.

Avrei dovuto sapere che il prezzo era troppo buono per essere vero, ma avevo fretta di trasferirmi ed ero ottimista.

Ero una stupida.

Isabella schioccò la lingua nel sedile posteriore. Faceva dondolare i piedi e ogni tanto, le punte delle sue scarpe colpivano il mio sedile.

Jaxson si girò, posando piano la mano sulla gamba della bambina. "Niente calci al sedile, Izzie." Era gentile ma fermo con sua figlia. Il modo in cui le dava attenzioni mi scaldava il cuore.

Sbuffai internamente. Non volevo guardarlo in quel modo.

Sì, era bellissimo e probabilmente aveva un corpo notevole sotto la sua giacca e i suoi jeans, ma io mi ero appena divorziata. Non ero alla ricerca di amore né tantomeno di un flirt.

Oltretutto lui aveva una figlia che indubbiamente complicava ulteriormente la questione, senza contare il mio passato.

Lui sbottò prima di fare marcia indietro con il pick-up. "Bene. Se vuoi che ti porti da Mason, ti ci accompagnerò."

"È tutto quello che ti chiedo" dissi. Rimasi seduta in silenzio, guardando fuori dal finestrino e studiando la strada con attenzione. Non conoscevo la posizione di niente, e mentre Jaxson guidava, uscì dalla strada principale dopo qualche chilometro.

Se ricordavo bene, stavamo viaggiando nella direzione opposta al ristorante, ma doveva trovarsi nei paraggi.

Jaxson accostò davanti ad un grande edificio di mattoni.

Fumo si alzava dai camini formando onde nel cielo. Parcheggiò il furgone e si girò verso sua figlia.

"Papà torna subito." Lasciò il motore acceso e chiuse le portiere, ficcandosi le chiavi nella tasca.

Ero invidiosa delle sue serrature telecomandate e accensione remota. La mia macchina era una schifezza in confronto al furgone gigantesco che guidava.

"Okay, andiamo," dissi mentre salivo le scale dell'edificio. Un cartello fuori dalla porta riportava la scritta Eagle Tactical.

Quindi, era qui che Jaxson lavorava.

Aprii la porta ed entrai nel palazzo. Una giovane donna era seduta ad una scrivania accanto all'entrata.

"Posso aiutarla?" chiese, il tono allegro e un sorriso di plastica sul volto. Sembrava decisamente finta.

"Sono qui per parlare con Mason," risposi. Non elaborai sul motivo della mia visita.

Lei aggrottò le sopracciglia, sfogliando le pagine della sua agenda. Controllò i nomi e gli appuntamenti. Non le avevo dato il mio nome. Stava cercando un nome sconosciuto sul calendario?

Jaxson arrivò dietro di me. Non doveva averlo visto mentre entravamo nell'edificio.

"Buongiorno Lucy."

"Signor Monroe, non l'avevo vista entrare," disse Lucy. "Come sta la piccola Isabella?"

"Sta bene, grazie. Mason è nel suo ufficio? Ariella vorrebbe parlargli."

Lucy si alzò e sparì in corridoio. Bussò prima di aprire una porta e sporgere la testa, probabilmente riferendo il messaggio.

Spostai il mio peso da un piede all'altro, la neve aveva iniziato a sciogliersi e a sporcare il pavimento di legno. Non mi ero pulita bene le scarpe prima di entrare.

Si schiarì la gola e ci fece segno di seguirla in corridoio.

Andai per prima, i miei tacchi che risuonavano contro il pavimento in legno ad ogni passo. Jaxson poco dietro di me.

Il corridoio era da poco stato imbiancato di un beige tenue, ma la base era in legno. Il palazzo sembrava essere stato ristrutturato di recente.

"Posso aiutarla?" chiese Mason. Sedeva dietro la sua scrivania, sepolto da una massa di scartoffie, la sua attenzione al computer e neanche minimamente a me.

"Sono Ariella Cole. Mi hai venduto la baita sulla montagna." Pensai che conoscesse l'indirizzo e che non avesse l'abitudine di comprare e rivendere proprietà losche.

"Già, un vero gioiellino." Corrugò le sopracciglia e guardo dietro di me. "Buongiorno, Jaxson." Si alzò spingendo all'indietro la sedia.

"La proprietà che mi hai venduto era rappresentata in modo ingannevole. Non ha l'elettricità, e non è stato fatto presente al momento di firmare i documenti."

Mi addentrai nell'ufficio piccolo e affollato. Uno scaffale verde e bruttino era posizionato sotto la finestra. Sopra di esso c'erano altre pile di documenti in attesa di essere compilati.

"Jaxson, mi vuoi dare una mano a gestirla?" chiese Mason, indicandomi.

"Come scusami?" ribattei.

Non dovevo essere gestita.

"Non sono io il problema," dissi, le mani strette in pugni lungo i fianchi. Dovevo controllare la rabbia che scalpitava dentro di me prima di fare qualcosa di cui mi sarei potuta pentire. "Il tuo annuncio non menzionava il fatto che non ci fossero energia e riscaldamento nella proprietà."

Mason fece un passo verso di me. "Frena un attimo, signorina. La baita ha il riscaldamento. Se non sai tagliare la legna o portare dentro i ceppi e hai bisogno che ci sia un uomo a farlo al posto tuo, non è un mio problema."

Tirai indietro il pugno per colpire la guancia di Mason, ma Jaxson mi afferrò il braccio e lo abbassò con la forza. "Lasciami," dissi, togliendomi alla sua presa. Non avevo bisogno di essere spinta.

"Prendi la tua ragazza e vai," disse Mason, indicando la porta.

Ma come si permetteva?

"Non sono la sua ragazza." Non dovevo spiegare a Mason come ci eravamo conosciuti.

E poi, erano colleghi e amici dell'esercito. Con ogni probabilità lo avrebbe saputo presto.

Le città piccole non eran piene di pettegolezzi?

"Mi devi qualcosa per aver rappresentato in modo falso lo chalet." Non cedetti, i piedi piantati al suolo davanti a lui. Non me sarei andata da nessuna parte.

"Io non ti devo un bel niente, signorinella," ribatté Mason. "L'annuncio ha descritto il posto come 'silenzioso, rustico'. Non ci sono bugie nella frase, e il fatto che tu non ti sia preoccupata di controllare se ci fosse l'elettricità non è colpa mia. Molte baite nel bosco vengono usate solo come seconda proprietà per un weekend fuoripista. Oltretutto, se vogliamo dare la colpa a qualcuno, Jaxson si è occupato dell'annuncio. Io l'ho solo approvato."

"Cosa?" Quello mi prese alla sprovvista. Cosa intendeva dire che Jaxson si era occupato dell'annuncio?

Era anche agente immobiliare? Non lavorava qui, alla Eagle Tactical?

"Ti è sempre piaciuto gettarmi in mezzo ai lupi," disse Jaxson. Le sue braccia erano incrociate al petto, gli occhi stretti che fissavano Mason.

Io sbuffai e girai su me stessa, a bocca semi aperta mentre fissavo Jaxson. "Mi stai dando del lupo?"

"Hai la coda di paglia, tesoro?" commentò Mason alle mie spalle.

Volevo uccidere quel bastardo presuntuoso. Ignorai Mason per un secondo e cercai di recuperare il mio contegno.

Jaxson torreggiava su di me, i suoi occhi erano fissi su di me e mi accorsi che non aveva risposto alla domanda. La stava evitando.

Diavolo, probabilmente avrei fatto lo stesso al suo posto. "Sei tu responsabile dell'annuncio?"

Lui si schiarì la gola, ma non rispose, si limitò a guardarmi negli occhi. Deglutii il nodo che si era formato nella mia gola.

"Dovrei tornare alla macchina. Ho lasciato Izzie lì dentro e siamo qui da un po'," disse Jaxson e uscì in fretta in corridoio, lasciandomi lì con Mason.

Stava cercando di allontanarsi da me o di evitare la domanda? Forse era incline a fare entrambe le cose. Sbuffai e sentii Mason ridacchiare dietro di me. "Ti conviene andarlo a prendere prima che ti lasci in mezzo al freddo e alla polvere. Io lo farei."

"Dio, sei un vero stronzo" borbottai mentre uscivo dal suo ufficio dirigendomi verso la macchina.

Jaxson era seduto ad aspettarmi. Mi sedetti nel sedile del passeggero e allacciai la cintura. Gli lanciai uno sguardo che gridava 'fottiti'.

Non ero più dell'umore di parlare. Non aiutava che la sua adorabile bimba fosse seduta dietro di noi, cantando le canzoni delle principesse Disney.

"Sei arrabbiata. Lasciami spiegare," disse Jaxson.

"Puoi farlo? Intendi dire che non è stato intenzionale?" Trovai difficile credere che si fosse solo dimenticato di includere quel piccolo dettaglio nell'annuncio.

Anche se aveva l'aria del bravo ragazzo, era uno stronzo proprio come Mason.

Mi rispose con calma mentre girava il viso verso di me, la macchina ancora parcheggiata. "Mi sono offerto di aiutare Mason con l'annuncio. È stato quello il mio sbaglio, e i pochi dollari che mi ha dato per l'aiuto, giuro che sono tuoi."

Stava cercando di farmi sentire in colpa? Ero a corto di contanti, molto a corto, del tipo che il mio conto corrente era a secco e tutto quello che avevo era il poco rimasto nel mio portafoglio.

Dovevo ancora sistemare la mia macchina e ora installare un impianto elettrico nella baita. Mi sarebbe costato una fortuna! Non ero ricca e questa non era la mia seconda casa.

"Non voglio i tuoi soldi." Mi avrebbero fatto comodo, ma non gli avrei rivelato quel particolare.

Aveva una figlia, e i bambini erano costosi.

Quell'idiota di Mason, i soldi li avrei strappati dalle sue mani avare con piacere, ma non era uno scenario probabile.

Jaxson mi guardava, il suo sguardo irremovibile. "Okay. E se ti portassi in città e ti prendessi un frigo e un generatore?"

"Sei serio? Non mi serve l'elemosina." Era esattamente ciò che mi serviva per sopravvivere in quella baita, ma non volevo sembrare disperata.

CAPITOLO SEI

JAXSON

Mi odiava, e non potevo biasimarla. Ero stato assolutamente incompetente nello scrivere l'annuncio per la casa.

Ariella aveva ragione.

Non mi ero preoccupato di menzionare che non c'era l'elettricità ma solo perché non mi era passato per la testa. Dovevo rimediare, e il modo più logico era aiutarla col frigorifero e il generatore.

La mia intenzione era prestargliele uno per un breve periodo, ma la verità era che ne avrebbe avuto bisogno finché la casa non sarebbe stata collegata alla rete elettrica.

"Ti giuro che non ti sto offrendo l'elemosina. Mi sto solo comportando da buon vicino." dissi, cercando di farla ragionare. "Siamo vicini, Ariella. Ti vedrò molto spesso, che ti piaccia o no."

Lei sbuffò e si passò una mano tra i lunghi capelli bruni.

Mantenni l'attenzione sulla strada mentre guidavo giù dalla montagna verso il paese. Ci avremmo messo tutta la giornata, e non mi ero preoccupato di chiederle se avesse altri piani. Pensai che non avesse impegni, a parte recuperare e aggiustare la macchina.

Ariella guardò fuori dal finestrino, la sua voce tenue si sentiva a malapena sopra il canto di Isabella. "Grazie," mormorò.

"Ci mancherebbe," risposi. Volevo farla parlare, sapere di più su di lei, cosa ci facesse a Breckenridge. "Spero di non averti sottratta ad altri impegni che avevi per oggi."

"Devo solo disfare le valigie e recuperare la macchina. Devo chiamare un carro attrezzi, ma il mio telefono è ancora morto." disse. "Non c'è un telefono nella casa, quindi avrò bisogno di un altro favore."

"Un altro favore?" scherzai. "Molto presto ti ritroverai in debito con me."

Sbuffò di nuovo.

"Non è così male," scherzai. "Tra l'altro, ho parlato con Declan ieri sera quando sono arrivato a casa. Dovrebbe essere in negozio oggi pomeriggio."

"Grazie."

Non era mai stata qui prima e probabilmente cercava di scappare da qualcosa o qualcuno.

La maggior parte delle persone che si avventuravano nel mezzo del nulla lo facevano perché avevano segreti da nascondere.

Stavo correndo troppo.

Ero stato nell'esercito da giovane e avevo visto parecchie cose che mi avevano segnato.

Nel quotidiano, alla Eagle Tactical, mi occupavo di tutto, da rapimenti e riscatti a traffico di esseri umani. Lavoravamo a stretto contatto con il dipartimento di polizia e lo sceriffo della contea.

"Non mi hai mai detto cosa fai nella vita." Non volevo ficcanasare, ma ero comunque curioso. Faceva parte del mio lavoro, scavare nella vita delle persone.

"Beh, credo di poter dire che sono disoccupata al momento. Ho avuto un colloquio ieri pomeriggio al Blue Sky Resort, ma non so quando mi richiameranno.

C'è qualche possibilità che Lincoln stia cercando una cameriera?"

Lincoln cercava di tenere i costi del ristorante al minimo, il che significava che non era aperto a nuove assunzioni. "Posso chiedere, ma avrai sicuramente più fortuna al Blue Sky, soprattutto in questo periodo dell'anno."

"Per caso conosci il proprietario?" domandò. "Magari, potresti mettere una buona parola per me?"

"Papà, ho fame!" si lamentò isabella dal sedile.

Guardai Isabella dalla mia spalla e poi Ariella. "Puoi aprire il vano portaoggetti?"

"Sì, certo." Si sporse in avanti e aprì il cassetto, mostrando un pacchetto di pretzel.

"Quanto sono vecchi questi?" rise Ariella, tirando fuori il sacchetto.

"Una o due settimane massimo. È tutto a posto." Presi il pacchetto dalle mani di Ariella, lo aprì e lo diedi a Isabella. "Ecco qui. Pranzeremo tra un po', Izzie."

Iniziò a sgranocchiare rumorosamente i suoi pretzel nel sedile posteriore. I suoi piedi dondolavano ma mancarono il sedile.

La guardai. Si era senz'altro annoiata a rimanere in macchina e aveva bisogno di correre un po'.

"Siamo quasi arrivati," dissi, cercando di rassicurarla che non sarebbe rimasta in macchina ancora per molto.

Ariella guardò fuori dal finestrino, silenziosa e persa nei suoi pensieri.

"Scusami, stavi dicendo?" Odiavo la rapidità con cui riuscivo a distrarmi.

Ariella si mosse sul sedile, guardandomi, l'attenzione completamente rivolta su di me. "Mi stavo solo chiedendo se conoscessi i proprietari del Blue Sky Resort. Ho *davvero* bisogno di un lavoro."

L'enfasi su *davvero* mi strinse lo stomaco.

Quanto era messa male?

Non avevo visto le sue cose, e pensavo che tutto ciò che aveva fosse in macchina dato che la cabina era completamente arredata.

Un'altra ragione per cui credevo che il proprietario cercasse una seconda casa, una sistemazione temporanea per una vacanza.

"Non conosco nessuno, ma se non dovessero assumerti fammi sapere e chiederò in giro."

Non sarebbe rimasta senza lavoro a lungo. La comunità di Breckenridge era piccola ma molto unita e tutti si davano una mano l'un l'altro.

"Grazie."

"Papà, mi annoio," disse Isabella. Lasciò la busta vuota sul pavimento della macchina, briciole sparse ovunque.

"Lo so, piccola." Accostai davanti al grosso negozio di ferramenta e parcheggiai, prima di aiutare Izzie a scendere dal seggiolino e prenderla in braccio. Tutti e tre insieme entrammo nel negozio, al riparo dal freddo.

"Vendono frigoriferi qui?" chiese Ariella, al mio fianco. Mi accorsi che aveva dovuto affrettare il passo per starmi dietro.

"Tutti i grandi elettrodomestici," risposi, conducendola in una corsia in fondo al negozio. "Non dovremmo metterci molto, possiamo fermarci per pranzo e poi tornare a casa."

"Ti sai muovere bene qui dentro."

"Facciamo abbastanza acquisti qui da tenere aperto il negozio," scherzai, accompagnandola allo scaffale. Non era difficile trovare i frigoriferi e avevamo percorso la corsia già due volte. "Vedi niente che ti piace?"

Dondolò sui piedi, e ogni volta che passavamo accanto a un modello migliore di quello precedente, i suoi occhi si spalancavano mentre teneva in mano il cartellino. "Potrei comprarmi un macchina nuova a questa cifra!"

Cercai di non ridere.

Capii la sua difficoltà. Era senza lavoro e preoccupata per il costo di elettrodomestici nuovi. Non avrebbe mai potuto permettersi un veicolo decente che potesse portarla su per la montagna e in giro per la città al prezzo di un frigorifero.

Mi morsi la lingua, cercando di pensare ad un altro negozio, un altro posto che potesse essere più economico, senza fronzoli, per così dire.

Camminò su e giù per la corsia una, due, alla terza volta si fermò davanti a un mini frigo.

"Forse posso permettermi questo," disse. "Se lo metto sulla mia carta di credito." Sembrava parlare da sola, o forse parlava con me, ma la sua voce si abbassò al punto che quasi non riuscii a sentire il commento.

Mi misi accanto a lei, Izzie sempre più irrequieta sul mio fianco. Ero restio a metterla giù, non volevo che corresse in giro a combinare disastri e mettersi nei guai. Era veloce e vivace.

"Senti," dissi ad Ariella. "Mi sono offerto di coprire il costo del frigorifero e intendo farlo."

"Non dovresti però," rispose lei, le braccia incrociate al petto. "Non è colpa tua se ho fatto una cazzata."

"Cazzata. Cazzata. Cazzata!" ripetè Izzie.

Gli occhi verdi di Ariella si spalancarono inorriditi. "Oh mio dio! Mi dispiace," disse, scusandosi immediatamente.

Era chiaro che non fosse abituata stare vicino ai bambini.

"Non devi dirlo, Isabella." Ariella era sconvolta, giustamente, ma io sospirai.

"Ha sentito di peggio dai ragazzi." Io però facevo patire i miei amici quando imprecavano davanti alla mia bambina.

Non riuscì a fare lo stesso con lei.

"Non ho scuse," disse. "Di nuovo, mi dispiace moltissimo."

"Scusa accettate."

Non volevo che si preoccupasse di ciò che era successo. A volte si sbaglia. Lo facciamo tutti, e Izzie avrebbe sentito di peggio nella sua vita.

"Tornando al frigorifero," dissi, indicando gli elettrodomestici. "Vuoi sceglierne uno o vuoi che lo faccia io?"

Si morse il labbro, gli occhi pieni di timore. Cosa la preoccupava?

Mi ero offerto di pagare e volevo mantenere la mia promessa. Mason le aveva venduto la casa, ma io avrei dovuto essere più attento con l'annuncio. Lei avrebbe dovuto accorgersi che non c'era un frigorifero, ma io non avevo incluso dettagli sull'elettricità. Al suo posto avrei dato di matto anche io.

"Okay, se vuoi comprarmi un frigorifero, puoi prendermi questo." disse, indicando il mini-frigo che non conteneva nemmeno una cassa d'acqua. Era economico, certamente rientrava nel mio budget, ma non le sarebbe servito a niente per metterci la spesa.

Camminai per la corsia, guardando di nuovo tutti i modelli prima di fermarmi in fondo, osservando un modello più grande.

L'enorme adesivo giallo indicava un prezzo abbordabile e offriva una garanzia di sessanta giorni. Speravo sarebbero stati abbastanza.

"Che ne dici di questo?" Era comunque più costoso del mini-frigo, ma avrebbe potuto permetterselo se avesse deciso di non farmi pagare. Ad ogni modo, avevo tutta l'intenzione di comprarlo per lei.

"Va benissimo." Trovammo un cassiere che scannerizzò il frigo.

Tirai fuori la mia carta di credito, dandola al commesso prima che Ariella potesse offrire la sua.

"Grazie," mi disse mentre caricavamo il frigo nel bagagliaio, legandolo per poi dirigerci in città per il pranzo.

Izzie si comportò incredibilmente bene per tutto il pomeriggio. Sapevo che era annoiata, ma sembrava essere incantata da Ariella.

Izzie era seduta accanto a me sul divanetto. Mentre aspettavamo il cibo, andò sotto il tavolo e si infilò accanto ad Ariella.

"Ma ciao," disse Ariella, sorridendole. "Vuoi farmi compagnia?"

Izzie scosse la testa, gli occhi aperti e luminosi.

Si arrampicò sulla sedia, mettendosi sulle ginocchia così da essere più alta. Le sue manine si mossero e presero a giocare coi capelli di Ariella, toccandola.

"Izzie," dissi, avvertendola di comportarsi bene. Non a tutti piaceva essere toccati da un bambino.

"Va bene," disse Ariella con un sorriso, gli occhi su di me. Non sembrava le importasse, e se fosse così, non diede vedere che era infastidita. "Quanti anni hai?" chiese a Izzie, anche se glielo avevo detto il giorno prima.

"Tre," disse, alzando tre dita, orgogliosa di mostrare la sua età. "Tu quanti anni hai?"

"Izzie!" risi, cercando di rimproverarla, ma era difficile quando aveva quello sguardo adorabile, quella scintilla birichina e soddisfatta la rendeva ancora più dolce. "Non si chiede l'età agli adulti."

"Okay," rispose Izzie, alzando gli occhi al cielo.

"Santo cielo. È già un'adolescente" commentai.

Non potevo credere avesse alzato gli occhi al cielo. Doveva averlo imparato da qualcuno, ma non ero sicuro da chi l'avesse preso. Passava molto tempo con Declan, e lui aveva qualche brutto vizio, ma non avevo mai visto questa cosa prima d'ora.

Izzie arricciò il naso e sorrise. "Hai un fidanzato?" domandò ad Ariella.

"No, non ce l'ho.", rispose lei senza esitare, prima ancora che potessi dire a Izzie di smetterla. "E tu invece?" ribatté Ariella, stuzzicando Isabella. "Ce l'hai un fidanzato?"

Izzie scosse violentemente la testa. "Bleah! I ragazzi fanno schifo!"

Ridacchiai piano. Almeno quello servì a calmarmi. "Bene, continua a dire così."

Non volevo che pensasse ai ragazzi o a un fidanzato, o fidanzata. Era troppo piccola per preoccuparsi delle cotte e di tutto quello che comportavano.

"Tu che mi dici?" domandò Ariella, arricciando il naso e sorridendo come aveva fatto Izzie un momento prima. "Hai una ragazza?".

Sapevo che stava giocando e intrattenendo mia figlia, e le ero grato per questo, ma lo stava chiedendo perché era interessata, o stavo fraintendendo? Volevo che me lo chiedesse perché le piacevo, non per coinvolgermi nella conversazione. Ma comunque, perché mi preoccupavo di cosa provasse lei? Ci conoscevamo appena.

"Vuoi essere la sua fidanzata?" chiese Izzie.

"Non funziona proprio così," dissi, fissando Izzie. Non sembrava aver capito.

La sua bocca si aprì, pronta a dire qualcos'altro che mi avrebbe imbarazzato ancora di più.

"Sì, invece," disse Ariella. Sfoderò un sorriso smagliante, gli occhi luccicavano mentre lei non distoglieva lo sguardo da me.

Lincoln arrivò dalla cucina con i nostri piatti, interrompendo il momento. Non sapevo se ucciderlo o baciarlo.

Izzie si infilò nuovamente sotto il tavolo e si sedette accanto a me per mangiare. Le tagliai il pranzo in piccoli pezzetti e la guardai mentre afferrava ogni boccone con le mani, ignorando la forchetta. Avremmo dovuto lavorare anche su quello prima o poi.

"Salvato all'ultimo," disse Ariella, il sorriso più contenuto, ma sembrò essere più a suo agio, contenta, spensierata. Le sue spalle si rilassarono, e la tensione sembrò scivolare via dal suo corpo mentre mangiava la sua insalata.

Aiutai Izzie col suo piatto prima di fiondarmi sul mio hamburger. Non mi ero accorto di quanta fame avessi o di quanto si fosse fatto tardi.

Era un miracolo che Izzie non fosse scoppiata in un capriccio.

Quando arrivò il conto, non lasciai pagare Ariella, anche se si offrì di farlo. Sapendo che non aveva un lavoro, qualsiasi somma di denaro avesse serviva più a lei che a me. "Mi ripagherai quando verrai assunta all'hotel," dissi. Speravo le avrebbero dato il lavoro.

"D'accordo, ma allora tu pagherai da bere. Hai detto che c'è un bar in città, giusto?"

Erano secoli che non avevo un appuntamento. E in ogni caso, non mi aveva espressamente invitato ad un appuntamento. Mi stavo arrovellando troppo sulle sue intenzioni. Eravamo amici, vicini, e io dovevo aiutarla, non cercare di entrare nei suoi pantaloni.

"Jaxson?"

"Oh, scusa." Non avevo sentito quello che mi aveva detto dopo il bar.

"Figurati?" disse agitando la mano. "Dovremmo tornare alla baita e collegare il frigorifero al generatore. Sempre che non sia un problema prestarmelo. Prometto che sarà solo finché non troverò un lavoro e potrò comprarne uno mio."

Il telefonò mi vibrò nella tasca. Presi il telefono dai pantaloni, alzando un dito e facendo segno ad Ariella di aspettare un secondo. Era Declan. "Ciao, dimmi."

Mi aveva promesso di rimorchiare la sua macchina dal burrone, e anche se avrebbe dovuto trovarsi alla Eagle

Tactical questo pomeriggio, non avevo sentito di chiamate importanti o grosse operazioni in arrivo.

Di solito, la squadra mi mandava un messaggio se succedeva qualcosa di importante, un cliente grosso o una missione pericolosa se non ero in ufficio.

"Ho tirato la macchina della tua ragazza fuori dal fossato. Le gomme sono completamente lisce. Il finestrino è rotto e il parafango ammaccato. Il paraurti non è un grosso problema, ma il cofano è distrutto, il freno è rotto e non si può riparare. Le costerà qualche migliaio di dollari ridere la macchina guidabile, e questo non include prepararla per l'inverno a Breckenridge. Che vuoi che faccia?"

Lasciai andare un lungo sospiro. Ariella non sarebbe stata felice di sentirlo. Il sorriso le era già svanito dal volto mentre la guardavo, come se già sapesse.

"Ti richiamo," dissi a Declan prima di riattaccare. "Hai l'assicurazione per la macchina?" chiesi ad Ariella.

In silenzio, scosse la testa. Sospettavo fosse così. "Declan dice che costerà qualche migliaio di dollari, senza contare il mettere la tua macchina in sicurezza per la montagna. Possiamo trovarti delle catene usate, ma non mi piace l'idea che tu vada in giro con quel veicolo. Ti serve un mezzo con quattro ruote motrici o almeno con pneumatici adatti se andrai a lavorare in un'altra città e dovrai attraversare il passo tutti i giorni."

"Merda," disse sottovoce.

"Merda. Merda. Merda," ripetè Izzie, guardando Ariella.

CAPITOLO SETTE

ARIELLA

Non potevo permettermi di spendere migliaia di dollari per riparare la macchina, men che meno il frigorifero nuovo. "Non c'è un autobus che possa portarmi in paese?"

Dovrei abbandonare la macchina? Ormai non serviva più a niente.

Oltretutto, il mio passato era legato a quella macchina. Non era meglio lasciarmela alle spalle insieme a tutto ciò che era legato a New York?

"Non ci sono autobus a Breckenridge, ma sono sicuro che possiamo trovare qualcuno che ti possa dare un passaggio e che lavori in città."

"Voi considerate dove eravamo oggi una città?"

La popolazione contava meno di 10,000 abitanti. Era a malapena una città.

Uscimmo dal ristorante per andare alla macchina di Jaxson. Aveva acceso il motore e riscaldato l'abitacolo per noi prima che rientrassimo.

Mi misi sul sedile del passeggero e aspettai che allacciasse le cinture sul seggiolino di Isabella.

Sembrava un esperto, sapeva esattamente cosa fare nel minor tempo possibile così che potesse tornarsene in macchina quanto prima. "Sei bravo," dissi.

Era un commento stupido da fare, ma ero impressionata. Mia sorella aveva due bambini, e quando era incinta del secondo ed entrò in travaglio, io fui incaricata di occuparmi del piccolo. Mi ci volle un'ora per metterlo nel seggiolino e ancora allora, non ero convinta di come era stato allacciato. Non sembrava sicuro.

"Grazie," rispose mentre si sistemò sul sedile.

Chiuse la porta e la macchina partì in retromarcia, uscendo dal parcheggio e infilandosi sulla strada principale.

"Prossima fermata, casa tua per lasciare il frigorifero. Dovrai anche fare la spesa, ma quello può aspettare."

"Davvero?" Fui quasi sollevata che avesse suggerito di aspettare.

"Sì. Dobbiamo tagliare della legna prima che faccia buio. Ti ricordo che ieri hai bruciato tutto ciò che era secco e dentro la casa."

"Non posso ordinarne un po' e farmelo spedire?"

"Sì, ma ti costerà un po'," disse Jaxson.

Lo sapevo, ma non ero una ragazza di campagna che tagliava la legna.

Non sapevo niente di come si tagliasse il legno, e non ero neanche molto forte. Non mi aspettavo che Jaxson lo facesse per me. Solo che non pensavo di dover tagliare della legna per scaldare la casa.

Dovevo smetterla di incolpare Mason per l'annuncio. Sarei dovuta venire a Breckenridge e visitare lo chalet prima di pagarlo con tutti i soldi che mi erano rimasti.

"Papà!" squillò Isabella dal sedile posteriore.

"Sì, tesoro?"

"Mi annoio," annunciò, lamentandosi e sbuffando mentre cercava di liberarsi dal seggiolino. Per fortuna sembrava essere troppo stretto per lasciare che lo slacciasse da sola.

Mi girai e le diedi la mia completa attenzione mentre Jaxson si concentrava sulla stretta stradine ricoperta di neve. Sembrava che le strade rimanessero innevate tutto l'inverno e non eravamo ancora nei mesi più freddi dell'anno.

"Qual è il tuo colore preferito?" le chiesi, cercando di tenerla occupata per il resto del viaggio.

"Viola," squittì lei felice e sorrise orgogliosa, il nasino arricciato. Le sue mani si fermarono sulla cintura, come se si fosse già dimenticata quello che stava facendo. "Tu?"

"Difficile scegliere," risposi. "Direi un turchese luccicante, come la coda di una sirena."

"Sei molto specifica." commentò Jaxson, mantenendo gli occhi sulla strada.

Anche se ero girata verso Isabella, sentii la macchina girare dalla strada principale sul vialetto di casa mia. Eravamo quasi arrivati.

"Anche a me piacciono le sirene!" urlò Isabella battendo le mani.

"Davvero?" Era piuttosto ovvio data la maglietta, fiocco e scarpe a tema sirena. "Non l'avrei mai detto."

Accostò davanti all'ingresso e parcheggiò.

"Grazie."

Tenne la voce bassa e morbida, non sapevo se fosse perché non voleva farsi sentire da Isabella o se dovesse essere un momento privato tra di noi.

Gli sfiorai la giacca, "È stato un piacere." dissi. Dopo tutto quello che aveva fatto per aiutarmi, conoscendoci a malapena, era il minimo che potessi fare.

Spense il motore e uscì dalla macchina prima di slacciare le cinture di Isabella e prenderla in braccio.

Mi affrettai verso la porta d'ingresso, aprendola e facendogli senso di entrare con la bambina. Anche se non era calda come questa mattina, la temperatura era comunque gradevole.

Sarebbe scesa durante la notte. Lasciare la porta aperta per portare dentro il frigorifero avrebbe raffreddato la casa ulteriormente.

"Izzie, stai qui." disse, mettendola sul divano.

"Ma papà, voglio andare con te ed Ella," disse, non riuscendo a pronunciare il mio nome. Era dolce, davvero affettuoso.

Lui si abbassò al suo livello, slacciandole la giacca e sfilandola dalle sue spalle.

"Ariella", la corresse Jaxson, mentre pronunciava piano il mio nome per lei.

La bambina alzò gli occhi al cielo davanti al papà. "Ella. È quello che ho detto."

"Va bene," dissi, posando gentilmente una mano sulla spalla di Jaxson.

Lui si alzò e fece un passo indietro. Non c'era molto spazio tra il divano e il tavolino per noi due, con Isabella sul divano. "Izzie, ho bisogno che tu rimanga sul divano, okay?"

"Sì, papà capetto." rispose Isabella.

"Te l'ho detto, sto crescendo una ragazza adolescente." Jaxson mi fece segno di seguirlo fuori. "Credi di potermi dare una mano col frigorifero, o è troppo pesante per te?"

Non ero di certo forte come Jaxson, ma non volevo rimanere sul divano a guardare. "Ti aiuto."

"Okay, ottimo." Slegò le cinghie e insieme tirammo fuori il frigorifero dal furgone e lo portammo in casa.

Jaxson fece la maggior parte del lavoro pesante. Io guidai il frigo e mi assicurai che non lo schiacciasse.

Venti minuti dopo, il frigo era in cucina e il cavo a portata di mano per quando fosse arrivato il generatore.

"Grazie ancora per tutto." Odiavo essere in debito con lui, ma mi aveva aiutata due volte e non l'avrei dimenticato.

"Ci mancherebbe. Vado a prendere il generatore. Puoi rimanere qui e dare un'occhiata a Izzie?"

"Certo." Non ne sapevo niente di bambini.

Lei sedeva sul divano, i piedi dondolanti, probabilmente cercava di raggiungere il tavolino ma le sue gambe erano troppo corte. Non sarebbe stato via molto.

Uscì dalla porta e lasciò la macchina. Aggrottai le sopracciglia mentre lo guardavo dalla finestra, chiedendomi perché non avesse preso il furgone.

"Dov'è andato papà?" chiese Isabella.

"Torna subito." Il mio stomaco era in tensione. Non potevo gestire un bambino in lacrime.

Mi sedetti sul divano accanto a lei, cercando un'altra distrazione per evitare che si arrabbiasse. Anche volevo sapere se c'era una ragazza o partner nel quadro, non sapevo come porre delicatamente la domanda ad una bimba di tre anni.

"Qual è la tua cosa preferita da fare con il tuo papà?"

"Lotta di solletico!" proclamò e si alzò in piedi sul mio divano, alzando la maglietta per farmi vedere la pancia.

"Vuoi che ti faccia il solletico?" Le chiesi.

Isabella sorrise e annuì con forza. Le mie dita finsero di farle il solletico, ma non riuscii neanche a sfiorarla prima che lei scoppiasse a ridere, saltando all'indietro.

"Oh, ma dai. Non ti ho fatto il solletico!" Sarebbe stata una grande attrice un giorno. Jaxson aveva ragione a considerarla praticamente una teenager, così melodrammatica.

"Solletico!" squittì e cercò di farmi il solletico al collo. Le sue dita erano fredde e si muovevano veloci, ma non mi fecero ridere neanche un po'.

Finsi di ridere e le feci il solletico sui fianchi e lei sobbalzò e inizio a ridere di gusto. Sbatté le gambe e abbassò il mento, strillando contenta.

Lasciai la presa per un secondo, facendole riprendere fiato. Non volevo che piangesse o si innervosisse.

"Ancora!"

Si buttò tra le mie braccia. "Ancora solletico!"

Le feci il solletico, guardandola ridere, le guance arrossate.

"Il tuo papà ha una fidanzata?" le chiesi, non del tutto sicura che mi avrebbe risposto tra le risate. Probabilmente non avrei neanche dovuto chiederle di lui, ma non riuscii a fermarmi, vinta dalla curiosità.

"A papà piace giocare con i ragazzi." Ridacchiò e si liberò dalla mia presa. Le mie mani si bloccarono.

"Oh." Non era ciò che mi aspettavo di sentire. Non avrei dovuto essere delusa, tuttavia il mio cuore sprofondò come un'incudine nel mare.

Jaxson entrò in casa, un paio di stivali in mano, "Cosa stai dicendo di me, Izzie?"

Lei si allontanò da me, scese dal divano e corse verso il suo papà. "Ti piace giocare con Aiden e Declan."

CAPITOLO OTTO

JAXSON

Merda.

Mia figlia stava dicendo ad Ariella che ero gay?

Ero convinto che Izzie non avesse la minima idea di cosa volesse dire o che cosa stesse dicendo.

A me piacevano molto le donne.

Anche se non portavo donne a casa a causa di Izzie, non voleva dire che non mi piacesse la loro compagnia.

Posai a terra gli stivali e mi abbassai per raggiungere Izzie, abbracciandola. "Io lavoro con Declan e Aiden, Izzie. Non credo che il termine giusto sia giocare con loro."

Isabella si accigliò. Non aveva idea di quello che le stavo dicendo, e non importava.

Lanciai un'occhiata ad Ariella sul divano e sperai che avesse capito.

"Ti ho portato questi," le dissi, mostrandole gli stivali foderati di pelliccia.

Erano un regalo che non avevo mai consegnato e che era rimasto nel mio armadio, chiuso.

"Spero che ti stiano, non so che numero hai e non ho molti stivali da donna in casa."

Le diedi le scarpe, che indossò per provare che le andassero bene.

"Devo essere Cenerentola," scherzò e mosse i piedi. "Sono davvero comodissimi. Non ti chiederò perché erano a casa tua. Onestamente non mi importa. Sono solo felice di avere un paio di stivali caldi, prometto che te li restituirò appena avrò ripreso i miei dalla macchina."

"Non preoccuparti. Non mi mancheranno." la rassicurai.

"Dov'è il generatore?" chiese.

Indicai la finestra dall'altro lato della casa.

"Sul retro. Deve rimanere fuori, ma collegherò un'estensione al cavo e lo farò passare dalla porta sul retro. La fisserò con del nastro adesivo se necessario, per assicurarmi che tu riesca a chiudere la porta."

"Grazie," disse e si alzò, venendo verso di me. "Posso aiutarti a fare qualcosa?"

"Hai fatto abbastanza." Non volevo sembrare duro con lei, ma era ovvio che avesse chiesto a Izzie di me. Altrimenti perché mia figlia le avrebbe detto che mi piace giocare coi ragazzi?

Mi grattai la nuca e mi avvicinai al frigorifero, collegando il cavo prima di portarlo fuori. Ariella rimase in corridoio a guardarmi.

"Scusa se sono stata inopportuna." Tenne la voce bassa in modo tale che la sentissi soltanto io, e lo apprezzai molto. Non volevo che Izzie mi riempisse di domande dopo.

"La prossima volta, se vuoi sapere qualcosa, chiedimelo direttamente."

"Sì, lo farò." disse e serrò le labbra.

Potevo già vedere che voleva chiedermi qualcosa, ma non ero sicuro di che cosa. Aveva chiesto qualcosa a Izzie mentre ero fuori e non aveva avuto la risposta che cercava? Perché stava facendo tutte quelle domande su di me?

"Mi stai fissando," dissi ed uscii. Lei si appoggiò allo stipite della porta, lasciando la porta sul retro aperta mentre mi guardava collegare e accendere il generatore.

"Ti sto solo guardando lavorare," disse Ariella.

C'era più di quello, ma non sapevo dove volesse andare a parare. "Ascolta, a me piacciono le donne. Cerco solo di tenere mia figlia lontano dalle persone con cui esco."

Perché glielo stavo dicendo? Non me lo aveva chiesto. Probabilmente voleva solo essere amichevole con Izzie, e io mi ero fatto l'idea sbagliata basandomi su quello che avevo sentito entrando in casa.

"La mamma di Isabella è con voi?" chiese, appoggiata alla porta.

Si strinse tra le braccia, la giacca era dentro casa.

Ariella doveva avere molto freddo. Mi sbrigai col generatore e rientrai con lei al caldo.

"No, non lo è. Siamo solo noi due." Non elaborai, non perché non volessi ma perché eravamo di nuovo dentro e Izzie avrebbe potuto sentirci.

Non volevo che ascoltasse la conversazione.

"Sarei felice di parlarne con te, ma sarebbe meglio farlo quando saremo da soli."

"Ma certo," disse.

Chiusi la porta a chiave, il cavo elettrico a lato. "Lo fisserò la prossima volta."

Avrei potuto attaccarlo con del nastro adesivo, ma avrei avuto bisogno del nastro che non avevo con me al momento. Sapevo cosa c'era nella baita e non ne avevo lasciato indietro.

"Sono sicura che andrà bene. Grazie ancora per avermi aiutata oggi, ti ripagherò tutto," disse Ariella.

Non ero preoccupato per il denaro, non era quello il punto. Era chiaro che avesse bisogno di aiuto.

Non le avevo reso la vita facile con l'annuncio della proprietà, e il senso di colpa mi pesava. Anche se non era stato intenzionale, era chiaro avesse difficoltà ad arrangiarsi.

Ficcai la mano nella tasca del cappotto, dimenticandomi quasi dell'altro dispositivo che avevo portato da casa mia.

"Per il tuo cellulare." dissi, recuperando un piccolo caricatore a luce solare. "Non ha bisogno di luce esterna. Puoi metterlo sul davanzale."

Feci qualche passo dentro la cucina e sistemai il dispositivo col pannello solare rivolto verso la finestra, lasciandolo sopra il lavandino.

"Hai il telefono portata di mano?" Volevo essere sicuro che fosse tutto a posto prima di andare.

Si diresse verso il suo letto e prese lo zaino che si trovava nell'ultimo scomparto del comodino. Accovacciata, cercò nella borsa prima di trovare il telefono.

Non vedevo un telefono a conchiglia da anni, specialmente dopo l'avvento degli smartphone.

"Wow. Sei una all'antica." dissi, prendendo il telefono e collegandolo al caricatore.

"Sono per la praticità e per l'essenziale. Beh, o quello oppure puoi considerarmi taccagna." Mi mostrò un sorriso.

Stava nascondendo qualcosa, ma non sapevo ancora che cosa.

"Grazie per il caricatore. Dovrei chiamare mia sorella una volta che il telefono si sarà ripreso. Sono sicura che si starà chiedendo se sono arrivata sana e salva."

Tutte le persone che conoscevo avevano uno smartphone, e tutti quelli con un cellulare usa e getta nel mio lavoro avevano dei segreti. Cercai di non lasciare che la mia natura sospettosa offuscasse il mio giudizio.

"Puoi usare il mio telefono," dissi, tirandolo fuori dalla tasca dei pantaloni.

"Non è necessario," liquidò lei con un gesto della mano. "Può aspettare fino a stasera. Sono sicura che il telefono si sarà caricato abbastanza prima che faccia buio. Almeno spero."

Ci sarebbero volute ore per ricaricare la batteria, ma avrebbe potuto usarlo entro un'ora. Il caricatore ad energia solare era il migliore in commercio ed era usato dalla nostra squadra. Non era qualcosa che potevi comprare in un negozio qualunque. Lo avevo usato moltissime volte durante le missioni con la Eagle Tactical, quando sul campo non avevo accesso alla corrente.

"Prendi il mio telefono."

Insistetti e le porsi il telefono.

Lei guardò il cellulare. La sua lingua umettò gli angolo delle labbra.

Stava considerando se chiamare o meno la sorella davanti a me? Voleva che la chiamata fosse privata, avevo superato un limite? Non disse una parola, tenendo il telefono in mano.

"Posso sedermi con Izzie e lasciarti un po' di privacy."

Non c'era molta privacy nella baita. Era una stanza enorme, come uno studio.

"Non è quello. Non conosco il suo numero a memoria." ammise, le guance rosse.

Era imbarazzata perché non conosceva a memoria il numero? Io mi ricordavo tutti i numeri di telefono dei ragazzi dell'esercito, erano come la mia famiglia.

Sua sorella aveva cambiato numero da poco e non aveva avuto tempo di memorizzarlo?

Mi restituì il telefono. "Sono sicura che possa aspettare ancora qualche ora. È passato solo un giorno." Ariella non sembrava minimamente preoccupata di dover chiamare la sorella più tardi.

Mi morsi la lingua, non volevo fare una scenata. Se non si ricordava il numero, potevo dare una mano, avevo risorse e conoscenze grazie alla Eagle Tactical, ma non ero sicuro che fosse quello che voleva. Non volevo metterla a disagio.

"Se fosse qualcuno a cui voglio bene a non farsi sentire per giorni, mi preoccuperei." dissi.

Non andai oltre dicendo che probabilmente avrei sguinzagliato l'intera task force della Eagle Tactical per trovare quella persona. Eravamo diversi. Si era trasferita nel mezzo del nulla, senza conoscenze. Era possibile che lei e la sorella non fossero legate?

"Papà, devo andare in bagno!" Strillò Izzie, mettendosi in piedi sul divano.

Le scoccai un'occhiata, avvertendola di sedersi subito o di mettersi in piedi per terra. Isabella sapeva che saltare su letti e divani non era permesso.

La piccola tiranna faceva quello che voleva la maggior parte del tempo, però. Essere un padre single non era facile.

"Credo sia ora di andare a casa." dissi.

"Può usare il mio bagno," offrì Ariella. "Ho l'impianto idraulico."

"Lo so, e non ringraziarmi," scherzai. Mi occupai, insieme ai miei amici, di installare l'impianto idraulico. Ci occupammo di installare le tubature interne e il PVC ma assumemmo anche un idraulico professionista che si occupò dei collegamenti esterni.

"La riporto a casa, le faccio usare il suo vasino, e poi la metterò giù per la nanna."

"Niente nanna!" esclamò Izzie, saltando sul divano.

"Siediti immediatamente!" la sgridai. Sapeva che si stava comportando male e mi stava mettendo alla prova o voleva farsi vedere da Ariella. Forse entrambe le cose.

Presto avrebbe iniziato a fare i capricci senza il pisolino pomeridiano. Era solo questione di tempo. Era stata brava oggi, ma non potevo sperare che reggesse fino all'ora di cena.

Izzie passò dall'essere in piedi sul divano a saltare da seduta. "Papà, bagno!"

"Possiamo usare il tuo bagno?"

Izzie mi seguì nel piccolo bagno, e la aiutai prima che lei scese dal water e corse via, con i pantaloni abbassati.

"Oddio. Bambina, mi farai diventare pazzo." borbottai, tirando lo scarico prima di lavarmi le mani.

Uscì dal bagno e trovai Ariella accovacciata per terra vicino a Izzie, che l'aiutava a mettersi i pantaloni.

"Grazie," le sussurrai.

Sorrise e annuì.

"Andiamo Izzie." Presi il suo cappotto e la aiutai a infilare le braccia nelle maniche mentre lei si agitava, scontenta di dover tornare a casa.

"Niente nanna!" lagnò.

Sbuffai e cercai di controllare la mia rabbia. Isabella era stanca e io non avevo seguito la sua routine, era colpa mia se si stava comportando come una bimba capricciosa. "Dobbiamo lasciare qui Ariella. Saluta."

Le misi un braccio nella manica e mi occupai dell'altro prima che potesse sfilarsi la giacca.

"Non voglio interrompere. Sono sicura che hai tutto sotto controllo, ma potrebbe dormire qui," offrì Ariella.

La guardai da dietro la mia spalla.

"Insomma, devo imparare a tagliare la legna. Se per te non è un problema darmi una mano, lei potrebbe rimanere qui e dormire sul mio letto," ripeté.

Non era una cattiva idea, e Izzie sembrò essere d'accordo, annuendo energicamente con gli occhi da cucciolo spalancati.

"Questo vuol dire che devi comunque fare il pisolino, signorinella." dissi, indicando Izzie.

Si tolse il cappotto e iniziò a correre verso il letto matrimoniale. Le rimboccai le coperte mentre Ariella tirò le tende, rendendo la stanza più scura. In silenzio, mi diressi verso la porta e aspettai che Ariella si mettesse scarpe e cappotto.

Dopo qualche minuto, eravamo fuori, solo noi due.

"Scusa se mi sono intromessa," si scusò immediatamente Ariella, "So che avete una routine, ho solo pensato di poter dare una mano." Era arrossita e sembra nervosa. Era preoccupata che fossi arrabbiato con lei?

Lasciai andare un lungo respiro che non mi ero accorto di trattenere. "Va tutto bene. Izzie tende a diventare capricciosa se non fa il pisolino pomeridiano e la metà delle vote litighiamo per metterla a letto. Se non si riposa, è nervosa a cena e a volte si addormenta prima di mangiare. È un circolo vizioso. Grazie per averle offerto il tuo letto. Le piaci."

"Anche lei mi piace. È una brava bambina."

Era ovvio che Izzie si fosse già affezionata ad Ariella. Avevano passato una sola giornata insieme e avevo notato la scintilla negli occhi di Izzie, il sorriso sul suo viso quando guardava Ariella.

Non c'erano molte figure femminili nella vita di Isabella. Ed era colpa mia. I ragazzi erano fantastici, mi aiutavano ad accudirla e mi supportavano, ma non erano una figura femminile.

Un giorno, avrebbe avuto bisogno di qualcuno con cui parlare delle cose che non voleva discutere col suo papà. Credevo di avere ancora dieci anni, ma quella luce negli occhi di Izzie mi aveva detto più di quanto le sue parole potessero fare.

Mi misi i guanti mentre eravamo in piedi sul portico. "Hai un capannone sul retro," dissi, cambiando argomento. "C'è un'ascia dentro per spaccare la legna, e un ceppo dove puoi metterti a tagliare."

"Ottimo." La sua voce era piena di sarcasmo. Passò velocemente la lingua sulle sue labbra rosso ciliegia prima di mordicchiarsi il labbro. "E se cercassi legna nella foresta e saltassi la parte in cui devo spaccare?"

"Sarebbe bello, vero? Probabilmente ci sono dei ceppi, e non ti dico di fare la boscaiola e tirare giù un albero, ma potresti trovare legni troppo grandi per il tuo camino. Devi imparare a tagliare il legno della dimensione giusta, e per farlo ti serve un'ascia." dissi.

Mi seguì mentre andai verso il capannone e aprii la porta. Presi un'ascia all'interno, al riparo dalla neve, e chiusi le porte quando ebbi finito, per lasciare l'interno all'asciutto.

"C'è un quad nel capannone. È vecchio e datato, ma funziona. Dovrebbe aiutarti a muoverti nel bosco e in città, se segui il sentiero coi triangoli arancioni." Indicai l'inizio del sentiero sulla sua proprietà. Seguiva il corso del fiume ed era una scorciatoia per arrivare in città.

"È fantastico. Grazie." disse lei.

Ariella mi osservò mentre presi un ceppo e lo piazzai sul troncone più grande, preparandomi a spezzarlo.

Tirai indietro l'ascia e la feci ruotare; si spaccò in due senza problemi. Non sapevo come spiegare l'azione. Era più facile farglielo vedere. "Una passeggiata. Tocca a te," dissi, porgendole il manico dell'ascia, la lama puntata verso il suolo.

"Certo." Prese l'ascia e io presi un ceppo e lo posizionai sul troncone, prima di fare un passo indietro, lasciandole spazio. Prese il manico con entrambe le mani e la girò all'indietro, prima di completare il giro, mandando l'ascia avanti con un movimento fluido.

Fece penetrare la lama dell'ascia per qualche centimetro prima che si bloccasse. "Non si muove. Credo di averla rotta."

"Non è rotta. Devi solo staccarla," dissi, prendendo l'ascia e alzando la lama, colpendo il troncone. Mi ci volle mezzo giro, niente di troppo pesante, per liberarlo.

"Sei sicuro che non posso raccogliere legna dalla foresta?" Chiese con una risatina.

Il sorriso sul suo volto non c'era più, e la luce nei suoi occhi si era affievolita. "Credo di aver sopravvalutato l'idea di vivere in un paesino in montagna."

"Ci farai l'abitudine." dissi, cercando di ridarle sicurezza.

Non immaginavo fosse facile per lei, trasferirsi in mezzo al nulla. Anche se ero curioso di sapere perché, non volevo farle pressioni.

Avrei certamente potuto fare qualche ricerca con gli strumenti e le risorse della Eagle Tactical, ma non mi sembrava giusto. Non era la babysitter di Izzie. In quel caso, avrei messo il suo nome nel database e avrei scavato nel suo passato per assicurarmi che Izzie fosse al sicuro.

"Spero prima dell'estate," disse ridacchiando.

Il telefono vibrò nella mia tasca. Lo tirai fuori e mi tolsi i guanti per poter rispondere. "Eagle Tactical, parla Jaxson." dissi, facendo un passo indietro dal troncone per avere un po' di privacy. Dal numero della chiamata capii che si trattava di una chiamata di lavoro, non personale.

"Salve Jaxson. Sono Bridget Sanders e chiamo dal Blue Sky Resort. Volevamo fare un controllo per un nuovo assunto. Voi potete farcelo avere in settimana?"

"Certo. Se mi può mandare il modulo con le informazioni del nuovo dipendente, uno dei miei ragazzi potrà effettuare i controlli e rimettersi in contatto con voi quanto prima."

Le diedi il mio indirizzo e-mail prima di riattaccare e tornare da Ariella, che intanto aveva tagliato a metà un altro pezzo di legno.

Speravo fosse lei la nuova dipendente che necessitava del controllo. Sapere che sarei stato io a controllare le informazioni suo passato e a scoprire tutti i suoi segreti, mi fece sentire sporco.

CAPITOLO NOVE

ARIELLA

"Va tutto bene?" domandai.

Aveva ricevuto una chiamata di lavoro, e anche se si era allontanato per rispondere in privato, non potevo fare a meno di chiedermi chi fosse e che cosa avrebbe dovuto fare.

Eagle Tactical.

Aveva menzionato il nome della compagnia.

Non avevo mai sentito parlare di loro prima di arrivare Breckenridge, ma il fatto che lui ci lavorasse mi rendeva curiosa, specialmente dopo aver saputo che i proprietari erano ex-militari.

"Solo una cosa di lavoro" rispose e rimise il telefono nella tasca.

Stava nascondendo qualcosa? Non poteva parlare di lavoro? Una parte di me era curiosa di sapere di cosa si occupasse, come riuscisse a gestire il pericolo.

"Devi andare al lavoro?" chiesi. Non conoscevo i suoi orari. Il fatto che io non ne avessi uno, non significava che lui non dovesse lavorare.

"No, ho il giorno libero," disse Jaxson seccamente.

Si avvicinò a me e prese un lungo respiro, fermandosi prima di avvicinarsi alle mie spalle. La sua mano si posò sul mio fianco. Espirai piano, un sospiro nervoso non appena lui poggiò la mano sulla mia per guidarmi con l'ascia.

Il momento era molto intimo, e se non ci fosse stato quel freddo sarei stata accaldata, ma la verità era che le mie dita erano intorpidite, e il viso pizzicava. Anche con i guanti, cappelli, stivali e un pesante cappotto invernale, avevo comunque freddo.

"Stai congelando," disse Jaxson, il suo respiro contro la mia guancia.

Non mi nascosi da lui. "Sì. Odio il freddo."

Rise e mi attirò a sé, l'ascia scivolò dalle nostre mani al suolo. "Attenta," mi avvertì. "Potresti farti male facendo cadere una lama così."

L'avevamo fatta cadere entrambi, ma non volevo farlo notare.

Mi girai tra le sue braccia, le nostre giacche erano pesanti e non mi permettevano di sentire il suo corpo contro il mio come avrei voluto.

Mise la mano sul mio cappello e me lo sistemò sulla testa, coprendomi meglio. "Dovremmo rientrare e riscaldarci," disse Jaxson.

"Non voglio svegliare Izzie."

"Quella bambina dormirebbe in qualsiasi condizione", rispose Jaxson, il suo respiro caldo contro le mie guance gelide. Prese la mia mano guantata e mi portò dentro la baita. Il calore della casa mi fece stare immediatamente meglio, e anche se non era calda come prima, Jaxson portò qualche ceppo e ravvivò il fuoco. "Sai accendere un fuoco?", chiese.

Mi tolsi i vestiti umidi e freddi - il mio cappello, le scarpe e la giacca - lasciandoli asciugare davanti al fuoco.

"Se mi dai un accendino e del gas liquido, me la posso cavare."

"Non usare gas liquido nel camino a legna. Chiaro?"

Il suo tono duro e la sue sopracciglia alzate in allarme diedero a vedere che non era divertito dal mio scherzo.

"Era una battuta". Lo era per lo più. Ero stata a dei falò e sapevo come accendere quel tipo di fuoco.

Caricò il legno nel camino, le braci incandescenti alla base si infiammarono subito. Dopo qualche minuto, il fuoco tornò scoppiettante.

Mi sedetti sul divano in silenzio, e Jaxson si mise accanto a me quando fu soddisfatto del fuoco. Ci conoscevamo da due giorni. Non ero pronta per una relazione, neanche con l'uomo più bello che avessi mai conosciuto.

Se non ci fosse stata una bambina di mezzo, avrei abbassato la guardia e mi sarei permessa di indugiare in una fantasia con lui, ma era fuori questione. Non potevamo, e oltretutto, non ero sicura di come stessero le cose con la madre di Izzie.

"Sei silenziosa," disse Jaxson, rilassandosi sul divano.

"Stavo pensando", dissi, evitando il suo sguardo che era fisso su di me.

"A che cosa?"

"È da molto tempo che non passo il mio tempo con un uomo".

Non ero sicura di dover menzionare il mio ex marito o il divorzio, ma era la verità.

Non ero abituata ad uscire o a fare sesso con nessuno che non fosse il bastardo con cui ero rimasta sposata per troppo tempo. C'era molto più da dire, ma era un argomento che non volevo toccare. Non che lui lo potesse sapere.

Jaxson sospirò, passandosi una mano tra i capelli. "Conosco la sensazione. Beh, forse non con un altro uomo." Ridacchiando, mi diede un colpetto. "Sei mai stata sposata?"

"Sì." Guardai Jaxson, espirando profondamente. "Non stiamo più insieme. È un ricordo lontano, uno che vorrei cancellare."

"Divorziata o separata?" chiese.

"Divorziata. E tu?" Non menzionai il fatto che fosse in prigione. Non ero pronta a parlarne con qualcun altro.

"Mai stato sposato. Dopo che ottenni l'affidamento completo di Izzie, lei è diventata tutta la mia vita."

Mi misi una ciocca di capelli dietro l'orecchio. Il modo in cui mi guardava fece scorrere brividi per tutto il mio corpo e mi riscaldò dentro.

"Lo vedo. È evidente che sei un buon padre."

"Grazie," disse Jackson, gli occhi che brillarono.

"È vero." Mi spostai sul divano e le nostre gambe si toccarono per un secondo.

"Devo chiedertelo, e spero che non ti importi, ma molte persone che vengono qui sulle montagne, in un paesino in mezzo al nulla, stanno scappando da qualcosa o qualcuno. Stai scappando, Ariella?"

Il modo in cui disse il mio nome mi diede i brividi.

Conosceva i miei segreti? Sapeva chi fossi e di cosa ero stata accusata?

Non avevo cambiato il mio nome, e Ariella non era il nome più comune, come Mary o Jennifer. Pensavo che nascondermi in bella vista mi avrebbe aiutata, ma mi sbagliavo.

CAPITOLO DIECI

JAXSON

"No", sussurrò e il suo sguardo incontrò il mio, i nostri occhi fissi gli uni sugli altri.

Cercai di leggere la sua espressione, guardando il suo viso e il suo linguaggio del corpo per capire se mi stesse mentendo. Avevo assistito ad abbastanza interrogatori nell'esercito, da entrambe le parti, per poter individuare subito un bugiardo.

Cosa nascondeva?

Aveva più a che fare col suo passato e col suo ex-marito che con altro? Non volevo sommergerla di domande o fare controlli su di lei solo per soddisfare la mia curiosità. Era sbagliato, e non volevo essere quel tipo di persona, mettere in discussione ogni sua mossa, non fidarmi di lei.

Anche se, dovevo ricordarmi, ci conoscevamo appena.

Volevo conoscerla.

Non c'erano molte donne single a Breckenridge, e io conoscevo tutte quelle che lo erano. Alcune mi avevano approcciato, mi avevano invitato ad uscire, provandoci parecchie volte. Le avevo rifiutate tutte, e divenne sempre più facile farlo con Izzie nella mia vita.

"Stai solo ricominciando?" la interrogai in cerca di spiegazioni.

"Esatto," disse, il sollievo sul suo viso. Le sue spalle si rilassarono, e gli occhi non erano più spalancati.

Stava nascondendo qualcosa. Dovevo ad Ariella la sua privacy e i suoi segreti, ma non potevo proteggerla se non sapevo cosa stesse succedendo.

Stavo forse reagendo in modo troppo estremo a causa del mio lavoro e lei non aveva bisogno di protezione?

Lo avevo già visto, donne in relazioni violente che scappavano dai mariti. Quello era stato il mio primo pensiero quando mi disse che era stata sposata e che era venuta a vivere qui. Sospettavo ci fosse di più.

"Beh, sono felice che tu abbia preso questa baita," dissi, stiracchiando le braccia prima di spostare lo sguardo dal soffitto e poi nuovamente su di lei. "È bello avere un vicino che non sia Mason."

"Non stento crederci," disse.

"Sarà anche una spina nel fianco, ma ha un gran cuore e mi ha sempre guardato le spalle."

Più la guardavo, più volevo baciarla.

Era da tre anni che mi concentravo solo su Izzie, senza permettermi di cedere alle tentazioni e assecondare i miei desideri. Non volevo rovinare l'amicizia che avevamo creato, ma ne valeva la pena?

Il mio cuore si strinse, ma il mio corpo si sporse in avanti, le mie labbra si avvicinarono ma mi bloccai, aspettando che lei facesse la prossima mossa e si avvicinasse a me.

Il suo respiro sfiorò le mie labbra, il calore della sua bocca mi provocava, il mio corpo bramava il suo tocco.

Il cuore batteva all'impazzata nel mio petto mentre le mie labbra si aprivano. Mi avvicinai, cercando di non spingerla in braccio a me.

I suoi occhi si abbassarono sulle mie labbra. La casa si scaldò mentre posavo la mano sulla sua nuca. Le mie dita giocarono con i suoi capelli, lasciando che il momento si trascinasse, le nostre labbra ancora non si toccavano.

Disperato per il suo tocco, la strinsi a me, una mano sulla sua nuca e l'altra sulla schiena. Volevo che i nostri corpi si fondessero, diventando uno solo.

Lei lasciò andare un gemito, che io presi come segnale di incoraggiamento per continuare.

La spinsi in braccio a me, i suoi fianchi contro i miei, le nostre labbra fuse in un caldo bacio appassionato. Non volevo fare altro che spogliarla completamente ed entrare in lei, ma non potevo farlo. Non lo avrei fatto, non con Izzie nella stanza.

Questo avrebbe dovuto soddisfare il bisogno urgente che si era accumulato nel mio corpo.

"Jaxson," sospirò e si allontanò, il respiro corto. La sua fronte si posò sulla mia, e lei ansimava.

I miei occhi erano chiusi, mentre mi godevo il momento e l'intimità tra di noi. Non mi ero accorto di quanto mi fosse mancato essere così vicino a qualcuno.

"Dobbiamo andarci piano," disse Ariella.

Sapevo che aveva ragione, ci eravamo appena conosciuti, e io avevo mia figlia a cui pensare. "Sì, piano va bene." Non volevo mentire, ma baciarla aveva scatenato una scarica di emozioni che avevo represso per gli ultimi tre anni.

Volevo portarla a letto e divorarla, ma aveva ragione.

"Piano è sopravvalutato," sussurrò e posò con forza le sue labbra sulle mie.

Gemetti, il mio corpo rispose al suo tocco, ai suoi baci, ai suoi sussurri. Tutto dentro di me era un fuoco. I suoi fianchi si spostarono e spinsero contro i miei.

Grugnii, mi stava facendo impazzire. Non sarei riuscito a mantenere il controllo se avesse continuato a muoversi contro di me.

"Ariella," dissi, la mia voce era roca, cercai di accumulare la forza di fermare quello che avevamo iniziato, prima che fosse troppo tardi. "Piano," dissi, cercando di ricordarle le sue parole. Era difficile pronunciare più di una parola alla volta.

"Scusa," sussurrò e si spostò. Si era accorta di quello che mi avevano fatto? Poteva sentire la prova del mio desiderio per lei?

Si sedette sul letto, guardandomi. Le sue dita si posarono sulle sue cosce.

"Credo che dovremmo andarci piano. Hai una figlia che ha bisogno di tutte le tue attenzioni, e io..."

"Tu cosa?" chiesi. Volevo che fosse aperta e onesta con me. Le sistemai una ciocca ribelle di capelli dietro il suo orecchio e aspettai mi rispondesse.

"Non sono pronta a fidarmi di nuovo, ad avere una relazione. Credo che tu non stia cercando una scappatella, ma è tutto quello che posso offrirti."

Mi si annodò lo stomaco, e mi allontanai. Le sue parole mi bruciarono nel petto.

Era questo che voleva?

Non ero interessato ad andare a letto con donne a caso, o a una situazione tipo amici-di-letto. Avevo una figlia e chiunque portassi a casa, volevo che fosse una cosa seria, non da una notte.

Anche se non sapevo da quanto tempo fosse divorziata, ci eravamo appena conosciuti. Dovevo darle tempo. Aveva ragione. Dovevamo andarci piano, prenderci una pausa da quello che stava succedendo tra di noi.

"Hai ragione, non sono interessato ad una scopata vuota", dissi alzandomi.

Rimanere per il pomeriggio, lasciare che Izzie facesse un pisolino, era stato un errore.

Mi allacciai gli stivali e presi la giacca. Non volevo svegliare Isabella, ma potevo metterle piano la giacca e sistemarla nel seggiolino. Con un po' di fortuna, il breve viaggio in macchina verso casa l'avrebbe cullata e avrebbe finito il pisolino a casa.

CAPITOLO UNDICI

ARIELLA

Le mie labbra pizzicavano dal bacio.

Quando gli avevo detto che volevo andarci piano, sembrava essere d'accordo. Non volevo ferirlo, ma dovevo essere onesta.

Non ero pronta ad impegnarmi, e sospettavo che volesse una moglie. Aveva una figlia e probabilmente voleva completare la famiglia.

Non ero sicura che avrei mai potuto essere quello che lui cercava.

Mi sedetti sul divano, confusa e imbarazzata mentre lui indossava giacca e stivali. "Non devi andartene."

"Invece devo."

Si allacciò la giacca, si mise il cappello e chiuse la giacca di Isabella intorno al suo corpicino prima di portarla alla porta. "Chiamerò Declan e gli chiederò di darti un passaggio per prendere la tua macchina quando sarà pronta al negozio."

Ottimo.

Ora non mi avrebbe voluta vedere mai più.

"Okay. Grazie."

Mi alzai e andai in cucina a controllare il telefono sul davanzale. La batteria era quasi completamente carica.

Staccai il caricatore a energia solare. "Ecco, tieni."

Non sarebbe tornato a prenderlo, e io non ero sicura di volerlo affrontare di nuovo.

"Ti do il mio numero. Scrivimi così avrò il tuo e potrò inviarlo a Declan."

"Okay", scrissi il numero e gli mandai un messaggio. *Sono Ariella.* Non scrissi niente di speciale. Non sapevo cosa dire. Il momento di calore tra di noi era diventato freddo come il ghiaccio.

Avevo fatto un casino.

"Ci vediamo in giro," disse Jaxson e si diresse al furgone con Izzie.

Lo guardai dalla porta. Rimasi in piedi con le braccia conserte. Il vento freddo mi intorpidì.

Lui uscì dal vialetto e chiusi la porta.

Come potevo aggiustare le cose? Potevo sistemare quello che avevo fatto?

Non conosceva i miei segreti, che Ben avesse rubato milioni di dollari a degli investitori in uno schema piramidale e che eravamo entrambi stati accusati con dozzine di reati. Fu condannato per parecchi di questi. Io venni processata e, anche se uscii pulita, ricevetti parecchie minacce a New York. Per questo me n'ero andata.

Volevo che quello che era accaduto rimanesse per sempre sepolto nel passato. Io non avevo fatto niente di male. Non sapevo cosa facesse lui, ma il mio nome era comparso sui documenti della compagnia perché eravamo sposati.

Firmai documenti che non capivo, e questo mi rese complice. Avrei dovuto essere più attenta, ma mi fidavo di lui. Non ero coinvolta nella compagnia. Non avevo mai visto i rapporti finanziari o i conti corrente. Fu così che me l'ero cavata senza neanche una condanna.

Ero completamente all'oscuro di tutto.

"Mi dispiace," mormorai all'aria fredda del pomeriggio mentre Jaxson si allontanava sulla strada. Non volevo ferirlo. Non volevo che pensasse male di me o che mi incolpasse, come fecero gli investitori di Ben.

Nonostante non fossi stata condannata, portavo con me il peso della vergogna per i suoi crimini. Avrei dovuto accorgermi di quello che succedeva.

Lacrime bruciarono i miei occhi.

L'unica persona alla quale mi ero avvicinata dopo il processo e il divorzio, e non sapeva nulla del mio passato. Avevo rovinato il mio nuovo inizio senza che lui sapesse la verità.

Avrei dovuto seguire il cuore e tuffarmi, dando a Jaxson una possibilità?

Non potevo mentirgli. Dopo tutto quello che aveva fatto per me, non lo avrei ferito. Almeno, non era quella la mia intenzione.

Con un sospiro rassegnato, chiamai mia sorella Delphine. Non mi aspettavo un saluto caloroso, ma aveva insistito affinché la chiamassi una volta sistemata nella casa nuova.

"Pronto?", la voce morbida di Delphine risuonò dal telefono.

"Ciao Delphine, sono io, Ariella."

Feci una pausa, incerta su cosa dirle. Non eravamo legate ormai da anni.

Dava la colpa a me per quanto accaduto con Ben.

Quando mi accusarono e dovetti cercare un avvocato, mi chiuse fuori dalla sua vita e mi disse che non voleva avere più niente a che fare con me. Non cercavo elemosina o altro. Avevo solo bisogno di aiuto e lei mi voltò le spalle.

Era un avvocato e conosceva molti difensori ma non voleva essere associata a me. La odiai per un anno, ma poi la vidi al processo quando salii sul banco degli imputati. Era in ultima fila.

"Hey," la sua voce era tenue, e il suo saluto sembrò esitante.

"Non è un buon momento?" chiesi. Sprofondai sul divano e poggiai i piedi sul tavolino.

"Non è mai un buon momento," ribatté Delphine.

"Giusto." Perché mi ero preoccupata di chiamare quando lei non voleva saperne di me?

"Beh, mi avevi detto di farti sapere quando sarei arrivata a Breckenridge. Sono qui. Va tutto bene." Digrignai i denti.

Quando eravamo piccole, lei riusciva sempre a capire quando mentivo. Era ancora così?

"Bene. Senti, Marcus è a casa. Non posso parlare ora."

La sua voce era bassa, poco più di un sussurro. Marcus mi odiava e lei non voleva dirgli che avevo chiamato. Avrei fatto lo stesso nella sua situazione.

Marcus era suo marito da dieci anni. Era il re dei coglioni, beh, il principe forse. Era poco dietro Benjamin, e anche se Marcus non aveva tradito Delphine o rubato milioni di dollari ai suoi clienti, era un vero snob. Si comportava come fosse intoccabile, come se non sbagliasse mai.

"Okay. Ciao," dissi e riattaccai. Non so perché mi preoccupai di farlo. Mi aspettavo un saluto freddo, ma una parte di me sperava in una tregua. Mi sbagliavo di grosso.

Dopo aver chiuso la chiamata, guardai la casella dei messaggi di segreteria e li feci partire.

"Salve, signorina Cole, sono Bridget Sanders del Blue Sky Resort. Ci siamo conosciute ieri nel mio ufficio. Vorremmo ufficialmente offrirle il posto. Volevamo informarla che abbiamo iniziato il controllo e supponendo che tutto vada bene, vorremmo che iniziasse il primo turno lunedì mattina. Ci richiami per qualsiasi domanda. Altrimenti, ci sentiremo durante la settimana."

Chiusi la chiamata, lo stomaco in subbuglio, aspettando di sapere se i controlli erano andati a buon fine.

Scrissi un messaggio a Jaxson.

Probabilmente non voleva sentirmi, ma non volevo che si preoccupasse per me o per la spesa o la cena.

Se il quad nel capannone poteva portarmi a casa, potevo indossare lo zaino e portare un po' di cibo a casa. Anche se avevo pochi soldi, avevo una carta di credito che mi sarei fatta bastare.

Grazie per l'aiuto oggi e per tutto. Prendo il quad per andare al negozio. scrissi.

Ricorda di stare sul sentiero con i triangoli arancioni. Fa attenzione.

CAPITOLO DODICI

JAXSON

La mattina presto, andai alla Eagle Tactical, dopo aver lasciato Izzie all'asilo. Avevo ignorato le e-mail di lavoro, il che significava che avrei dovuto leggere le comunicazioni dal Blue Sky Resort.

Lucy era seduta alla reception, una tazza di caffè in mano.

"Buongiorno," salutai, e superai la sua scrivania per andare nel mio ufficio.

"I venerdì sono meravigliosi," disse Lucy, prendendo un sorso del suo caffè.

Mi sedetti e mossi il mouse, aspettando che lo schermo si illuminasse. Era ora di scoprire se Ariella avesse ottenuto o meno il lavoro.

Non mi sarebbe dovuto importare, ma era così. Volevo che fosse felice, e anche se non ero a corto di soldi, mi sarebbe servito di nuovo il generatore, quindi lei avrebbe dovuto comprarsene uno.

Aprii la mia casella e-mail e mi allontanai giusto il tempo di un caffè, mentre il computer caricava le mie e-mail.

"Buongiorno," disse Mason. "Come è andata con la peperina?"

Sbuffai.

Quello era sicuramente un modo di descriverla. Non pensavo sarebbe stata un problema, escludendo il fatto che avrebbe potuto spezzarmi il cuore.

Passare il reso della giornata separati era stata la decisione giusta. Non volevo coinvolgermi emotivamente con qualcuno che non poteva darmi ciò di cui avevo bisogno.

Lo avevo imparato con Emma. Era interessata ad una cosa soltanto, il sesso, e per quanto potesse essere divertente, non era interessata a fare da madre alla nostra bambina.

"Molto bene vedo," commentò Mason. Era in piedi accanto alla caffettiera e se ne versò una tazza. Aspettai che finisse per fare lo stesso.

Non volevo raccontare i fatti miei o parlare male di lei. Non ne avevo motivo, e lei non aveva fatto niente di male. "Va tutto bene. L'ho accompagnata a casa ieri dopo averle prestato il mio generatore."

Non scesi con Mason nei dettagli e non gli dissi del frigorifero e di come le avessi insegnato a tagliare la legna. Mi avrebbe preso in giro e non ne avrei più visto la fine.

Mi guardò ad occhi stretti.

"Hai una cotta per la ragazza nuova," scherzò Mason.

"Oh, stai zitto." Non volevo sentire le sue provocazioni. Non era successo niente per quanto ne sapeva lui.

Mi versai una tazza di caffè e la portai alla mia scrivania. Mi sedetti e presi un sorso di bevanda bollente, il colore scuro del caffè si abbinava al mio umore.

Mason poggiò la sua tazza sull'angolo della mia postazione. Incrociò le braccia al petto e mi fissò.

"Cosa c'è?", chiesi. Mason indugiava finché non otteneva quello che voleva, ma non c'era niente da dire. Almeno, niente che volevo condividere con lui.

"Bridget Sanders ha chiamato stamattina e ha lasciato due messaggi. È preoccupata per i due nuovi assunti e ha bisogno dei controlli il prima possibile."

Sbuffai e mi passai una mano tra i capelli. I controlli e la ricerca non erano gli aspetti più entusiasmanti del lavoro.

Era un lavoro semplice, soldi facili, e avrei dovuto essere grato per i soldi extra che arrivavano alla Eagle Tactical, ma preferivo lavorare sul campo.

"Mi ha chiamato ieri nel mio giorno libero. Le ho chiesto di inviarmi i documenti via e-mail e che ci avrei pensato appena possibile." Bridget avrebbe potuto aspettare un giorno o due per riavere i controlli.

Mason si mi se a sedere sul bordo della mia scrivania. "Credo che Bridget abbia una cotta per te. Altrimenti perché chiamerebbe il tuo cellulare quando avrebbe potuto fare richiesta tramite i soliti canali?"

"Sei matto," dissi. La donna aveva più di sessant'anni. Era gentile, ma non era il mio tipo. Io tendevo ai quaranta e preferivo donne della mia età. "È sempre stata impaziente, vuole risultati ancora prima di mandarci i nomi dei dipendenti."

"Vero." Mason si tirò su e prese la sua tazza di caffè. "Mi ha mandato i nomi dei nuovi assunti. Li hai visti?"

Era per quello che Mason gironzolava intorno alla mia scrivania? "Fammi indovinare, uno di loro è Ariella." Sapevo che si era candidata per il lavoro al Blue Sky Resort. Questo significava che aveva ottenuto il lavoro, una bella notizia.

"Sì, e l'altra è la persona che odi di più al mondo."

Non avevo idea di chi stesse parlando. "Mia madre?", scherzai.

"Wow. Mi ricorderò di dirglielo alla prossima vacanza di famiglia a cui sarò invitato," disse Mason, le labbra all'insù. Mi diede un colpetto sulla spalla. "Dà un'occhiata."

Feci ruotare gli occhi prima di trovare la e-mail, la aprii e lessi la lista dei nomi. La prima candidatura era di Ariella Cole, non rimasi sorpreso. Almeno aveva ottenuto il lavoro. Aprii la seconda candidatura e trasalii, senza fiato.

Mason mi diede una pacca sulla schiena. "Non morirci."

"Emma Foster."

Lessi il nome ad alta voce.

"Cosa ci fa a Breckenridge?", chiesi a Mason, non che mi aspettassi che lo sapesse.

La madre di mia figlia era tornata.

"Non ne ho idea," disse Mason, "Credevo vivesse a Los Angeles."

"Anch'io." Era dove viveva da tre anni, da quando nacque Izzie.

Mason sorseggiò il caffè, gli occhi su di me tutto il tempo. "Sei arrabbiato. Ce l'hai scritto in faccia."

"Beh, non sono felice che sia tornata in città all'improvviso. Ha abbandonato Izzie."

Speravo che Emma non avesse cambiato idea e non volesse far parte della vita di Isabella. Non era una possibilità, non per me almeno. E poi non volevo confondere Isabella.

E se Emma ci avesse lasciati di nuovo? Dovevo proteggere la mia bambina, e se questo avesse significato tenere Emma lontana da Izzie, avrei fatto quello che dovevo.

"Potresti fare in modo che non ottenga il lavoro al Blue Sky Resort," suggerì Mason. Un sorriso gli illuminò il viso.

"Sei andato completamente fuori di testa se pensi che comprometterei i risultati di un controllo."

Non potevo farlo. Per quanto non volessi Emma intorno, non le avrei rovinato la vita o il futuro. Presi un sorso di caffè.

"Vuoi che lo faccia io?", si offrì Mason.

Una parte di me voleva fare tutto il necessario per tenere lontana Emma e Izzie al sicuro, ma non sarei mai arrivato a tanto né a farmi coinvolgere in niente del genere.

"Sai che non posso dire di sì." Anche se una piccola parte di me voleva assicurarsi che Emma se ne andasse.

"Dovresti parlarci subito, non ignorare la situazione. Se lavorerà al resort, potresti andare a farle visita." Disse Mason.

Si allontanò dalla scrivania e camminò verso la porta.

"È quello che farei io. Falle subito capire che non vuoi avere niente a che fare con lei, e che se pensa di rimanere in città non sarà per te o Isabella."

Sospirai profondamente. Mason aveva ragione.

"Sì, farò così."

La candidatura riportava il suo indirizzo temporaneo. Lessi le informazioni. Riconobbi l'indirizzo di una casa prefabbricata, una piccola baita fuori città non lontano dal resort. Avrei potuto farle visita e avvisarla prima di spendere tempo ed energia.

Qualsiasi ripensamento avesse riguardo Izzie, era troppo tardi. Non avrei lasciato che ferisse la mia bambina.

"Puoi occuparti dei controlli mentre passo da Emma?"

"Certo," disse Mason. "Sai quanto mi piace scavare nel passato delle persone e tirare fuori gli scheletri dall'armadio."

———

Guidai verso il Blue Sky Resort. Dall'altra parte della strada c'erano baite di legno in affitto. Accostai davanti alla cabina numero 218 e scesi dal furgone.

Espirai, lo stomaco in subbuglio, bussando forzatamente alla porta.

Non volevo essere lì, ma dovevo farlo. Non le avrei permesso di intromettersi tra me e mia figlia.

La porta si aprì lentamente. Nella sua vestaglia di seta, una mano sulla porta, mi guardò dalla testa ai piedi. "Jaxson, non mi aspettavo di vederti qui."

"Sul serio? Vuoi iniziare da qui?"

Non potevo crederci! Entrai di forza nella casa. La baita era piccola, più piccola della proprietà di Ariella.

"Cosa stai facendo in città?" esplosi. Non finsi di essere felice di vederla perché non ero entusiasta del suo ritorno.

Emma chiuse la porta e si mise al centro della stanza. "Mi sono candidata per un lavoro. Ma a quanto pare, te ne sei già accorto. Devono aver chiesto alla Eagle Tactical di fare i controlli, dico bene?"

"Non dovresti essere qui, Emma. Hai firmato per rinunciare i diritti genitoriali su Izzie." Non le avrei permesso di rientrare nelle nostre vite e rovinare tutto.

Alzò le mani davanti a sé. "Lo so, e non avrei dovuto," disse, i suoi intensi occhi castani su di me. "Non ero pronta ad essere una madre allora, ma lo sono adesso."

"No."

La mia risposta fu secca. "Volevi darla in adozione. Dare a me l'affidamento completo è la stessa cosa. Non ti puoi permettere di scappare e tornare a giocare alla mamma quando ne hai voglia."

Gli occhi di Emma si riempirono di lacrime. "Jaxson, ti prego."

"No. Non mi metterò tra te e il tuo nuovo lavoro, ma non avrai contatti con mia figlia." Mi diressi alla porta.

"Nostra figlia." mormorò.

Il mio telefono vibrò, e colsi l'occasione per andarmene. Presi il telefono e uscii dalla baita, sbattendomi la porta alle spalle. Non volevo che Emma sentisse o che mi seguisse fuori. "Hey, Mason. Che succede?".

Avevo riconosciuto il suo numero.

"Non ci crederai, ma Ariella Cole, era sposata con Benjamin Ryan."

La giornata era passata da brutta e infernale.

Mi si fermò il cuore nel petto e le gambe rifiutarono di muoversi, come se si fossero fatte di piombo. Mi avvicinai al furgone e salii, sedendomi davanti e cercando di riprendermi.

Iniziò a girarmi la testa.

Sapevo che una donna come Ariella non si era trasferita in mezzo alle montagne, in un paesino perso nel nulla, perché era amante dell'aria aperta. Voleva sparire.

Aveva approfittato di me con la storia dell'elettricità? Scommetto che nemmeno la voleva, l'elettricità. Non voleva essere trovata.

"Esatto. Il suo nome da sposata, Ariella Ryan, è uscito durante la ricerca, ma i suoi file sono stati cancellati. Ho scavato un po' di più dopo aver riconosciuto il suo nome e quello del suo ex marito. È stata arrestata e accusata ma scagionata in tribunale," continuò Mason. "Per quanto riguarda il suo passato, è abbastanza pulita per avere il lavoro ma ho pensato che volessi saperlo."

"Cazzo."

Avevo perso parecchi soldi a causa di suo marito. I soldi che credevo di aver investito nell'immobiliare erano stati usati in uno schema piramidale, per pagare altri investitori, almeno finché non lo avevano beccato.

I risparmi di una vita erano spariti in un attimo e anche se Benjamin era finito in prigione, non credevo che Ariella fosse innocente come diceva di essere.

CAPITOLO TREDICI

ARIELLA

Qualcuno bussò forte contro la mia porta. Non aspettavo visite.

"Un secondo!", gridai, avvicinandomi alla porta. La aprii, sorpresa di vedere Jaxson dall'altra parte. "Non mi aspettavo di vederti oggi," dissi.

Se n'era andato di fretta, dopo i baci di ieri.

"Mi hai mentito su chi fossi. Il tuo vero nome è Ariella Ryan."

I suoi occhi si strinsero, le mani chiuse in pugni sui suoi fianchi. Sembrava più che arrabbiato. Le sue orecchie erano rosse in punta, come le sue guance.

Feci un passo indietro mentre lui entrava in casa mia. Mantenni la distanza tra di noi, anche se sentivo di non essere in pericolo.

"Quello era il mio nome da sposata. Ora uso il nome da nubile e legalmente sono Ariella Cole. Non ti ho mai mentito."

"Sì che lo hai fatto!", tuonò.

Rabbrividii e sobbalzai, spaventata dall'intensità della sua rabbia. "Sono stata scagionata. Non sapevo in cosa fosse coinvolto il mio ex marito," spiegai.

Non mi credeva? Non ero un ladro o un mostro. Non ero dietro le sbarre, in prigione per aver rubato milioni.

"Sì che lo eri! Avevi uno yacht, una villa e una seconda casa nelle isole del Pacifico!"

"Non sapevo di questi acquisti," dissi. Era la verità.

Non sapevo nulla del secondo conto corrente e dei lussi che si era concesso Benjamin. Mentre eravamo sposati, aveva falsificato la mia firma per coinvolgermi nei suoi affari legali.

Lui si avvicinò, invadendo il mio spazio personale. "Non ti credo," sibilò.

"Sto dicendo la verità," sussurrai, guardandolo dritto nei suoi occhi azzurri. "Sapevo che gli affari andavano bene, ma non sapevo da dove venissero i soldi. Ero ingenua e mi sono fidata di un uomo che si è approfittato di me."

Feci un altro passo indietro, il calore del suo corpo avvolse il mio.

"Dove sono i soldi che avete rubato?", mi seguì, la mia schiena contro il muro. Non potevo scappare.

"Io non ho rubato niente." dissi, ferma nella mia posizione. "Non sono una ladra. Il mio ex marito era responsabile ed è in prigione per quello che ha fatto."

Una mano si posò sulla parete, intrappolandomi. Il suo corpo era a pochi centimetri dal mio. "Io ero uno dei clienti del tuo ex marito," disse, il respiro caldo sulla mia guancia.

"Mi dispiace," mi scusai subito. "Non so cosa ti aspetti che faccia." La mia voce era poco più che un sussurro, lo sguardo fisso nei suoi occhi gelidi.

Non serviva essere un genio per capire che fosse arrabbiato, ma non era colpa mia. Davvero non lo capiva?

"Il governo ha congelato tutti i conti. Hanno preso i soldi rubati e li hanno ridistribuiti." Almeno, così credevo.

Le sue narici si dilatarono al suo sbuffare. Era ancora arrabbiato con me, ma non capiva che era per quello che ero fuggita? Non era felice per me e per il mio nuovo inizio.

"Dimmi perché dovrebbe essere un mio problema."

Aprii la bocca ma la serrai immediatamente. Cercai di proseguire con cautela per non farlo arrabbiare ulteriormente.

"Non è un problema tuo. È mio. Ti restituirò i soldi del frigorifero. Giuro che ti ripagherò."

Appena avessi trovato lavoro, la prima cosa che avrei fatto sarebbe stata ridargli i soldi che mi aveva prestato.

Mi allontanò, camminando sù e giù per la stanza. "Non riguarda i soldi di quello stupido frigorifero. È che tu mi hai mentito, Ariella. Non vedi cosa questo mi fa passare? Ho dovuto sapere da Mason che sei una bugiarda."

"Non sono una bugiarda."

Non gli avevo raccontato tutta la mia storia, ma ci eravamo appena conosciuti. Perché pensava che avrei dovuto confidargli del mio passato?

Mi scostai dal muro e incrociai le braccia al petto, sedendomi sul bordo del letto.

"Sei un coglione," dissi, guardandolo.

"Come, scusa?"

"Mi hai sentito." Le mie mani tremarono, ma le nascosi nelle maniche della mia maglietta così che non lo notasse.

La rabbia mi ribolliva dentro. Come si permetteva di non credermi? Aveva intenzione di interferire col mio lavoro al Blue Sky Resort? Doveva essere così che era venuto a saperlo, facendo il controllo.

Merda.

Era una ragione abbastanza valida per escludermi dalla posizione?

"Tutto quello che ho fatto per te, e sono un coglione." La sua mascella era contratta, e si avviò verso la porta. La aprì e fece entrare una ventata di aria fredda nella casa.

Cercai di non rabbrividire, non volevo vedesse la mia reazione.

"Buona fortuna con il tuo nuovo lavoro e la tua nuova vita," gridò e si sbatté la porta alle spalle.

"Fanculo!", urlai, e rimasi in piedi in mezzo alla stanza, infuriata. Potevo vederlo mentre fuori camminava svelto verso il suo furgone e sfrecciava via.

Non potevo continuare a scappare, non importava quanto diventasse difficile.

————

Iniziai il nuovo lavoro e la formazione al Blue Sky Resort di lunedì mattina. Anche se Jaxson sapeva del mio passato e la mia storia, il mio capo non ne era al corrente.

Non potevo fare a meno di pensare se lui c'entrasse qualcosa o se la mia fedina era stata ripulita davvero, dato che fui scagionata.

Non ero l'unica nuova impiegata, il che era un vero sollievo. Emma e io passammo la prima mattinata a familiarizzare con la routine e pranzavamo insieme ogni pomeriggio. Era bello avere qualcuno con cui parlare, e che non conoscesse il mio passato.

"Vuoi andare a bere qualcosa dopo il lavoro?", chiese Emma. Lavorava alla reception mentre io avevo passato la maggior parte del primo mese a consegnare attrezzature da scii e snowboard.

Non era male, tranne l'occasionale paio di stivali maleodoranti che venivano restituiti e che dovevano essere disinfettati.

Anche se avevo pochi soldi, era anche giorno di paga, il che significava che potevo permettermi qualche drink. Avevo bisogno di nuovi amici e volevo passare del tempo in un luogo che non fosse il resort o la mia baita.

"Sarebbe fantastico," risposi. "Conosci qualche posto carino in città?"

La giornata era quasi finita, e io ero ansiosa di andarmene.

"Beh, non è proprio un bar, ma il cibo è buono e servono anche drink. È proprio qui sulla strada, si chiama La Baita del Taglialegna."

Sbuffai. Perché aveva suggerito il posto in cui Jaxson mi aveva portata la mia prima notte a Breckenrdige? Il locale era di Lincoln e Jaxson era suo amico, quindi avrei potuto imbattermi in lui.

"Oh, non ti piace il posto?"

Non mi ero resaconto che avesse notato il mio disappunto. "No."

Non avevo una spiegazione plausibile e non ero pronta a confidarle il mio passato, che prima ero Ariella Ryan. Non doveva sapere del mio ex marito e dei crimini che aveva commesso in nome di entrambi. Non ero neanche pronta a raccontare a nessuno di Jaxson.

"Okay, bene." Emma aggrottò le sopracciglia. "Non conosco molti posti in giro, anche io sono ancora nuova qui."

Era così ovvio che non fossi di Breckenridge o del Montana?

"Da dove ti sei trasferita?", chiesi. Non mi ero accorta che fosse nuova in città. Almeno avevamo un'altra cosa in comune oltre al lavoro.

"Sono della California. Ho vissuti sulla costa est tutta la vita, a Los Angeles."

"Stanca della vita di città?", azzardai. Perché mai qualcuno lascerebbe il meteo soleggiato per venire qui? A meno che non avesse anche lei un segreto?

"Venivo qui con la mia famiglia - mia sorella e i suoi bambini - per le vacanze."

Beh, almeno il luogo le era familiare se trascorreva le ferie a Breckenridge e dintorni. "Alloggiavi al Resort con la tua famiglia?"

"Non stavamo al Blue Sky, ma andavano lì a fare snowboard mentre io mi godevo altre attrazioni," Emma mi fece l'occhiolino. I suoi occhi castani brillarono prima di posarsi sul suo orologio. "Se conosci la strada per la Capanna del Taglialegna, ci vediamo lì."

"Per me va bene."

Presi la borsa e mi diressi verso la macchina.

Ero grata che Declan fosse riuscito a riparare un minimo la macchina, e che mi avesse offerto un paio di catene. Mi fece vedere come mettere le catene sulle ruote e chiarì che non dovevo tenerle su sempre, solo quando avrei guidato sulla neve, specialmente in montagna.

Non sarei rimasta bloccata di nuovo. Almeno speravo.

Declan mi era venuto a prendere col carro attrezzi per il mio primo giorno di lavoro, la mattina presto. Mi misi d'accordo con lui per il pagamento e guidai fino al resort per la formazione, arrivando giusto in tempo.

La mia carta di credito era quasi in rosso, e dato che la macchina non era intestata a me, non avrei avuto un centesimo dall'assicurazione per pagare i danni. Declan era rimasto in silenzio durante il tragitto e gli fui grata per non aver menzionato Jaxson.

Aprendo la portiera, sentii la pelle d'oca sulle braccia e un brivido mi percorse la schiena. Qualcuno mi stava guardando. Lo sapevo. Mi girai, chiavi in mano da usare per difendermi in caso di pericolo.

Non c'era nessuno.

C'erano poche persone nel parcheggio. Non riconobbi nessuno di loro: una famiglia col bagagliaio aperto che prendevano le attrezzature da sci, una donna che sistemava la figlia sul seggiolino della macchina, un signore con un cappellino da baseball e una giacca leggera appoggiato alla sua macchina.

Quel tipo da solo, con quei vestiti leggeri, sembrava fuori posto. La visiera del cappello poteva essere un modo per non farsi riconoscere. Cercai di non fissarlo.

La mia mente mi stava giocando brutti scherzi. Ero preoccupata che qualcuno potesse scoprire chi fossi, Ariella Ryan, e che se la sarebbe presa con me per i soldi rubati dal mio ex marito. Era già successo quando abitavo a New York.

Entrai in macchina e uscii dal parcheggio, prendendo la strada principale verso la città. Il resort era a più o meno a quaranta miglia a sud di casa mia. L'inverno era stato sorprendentemente mite e la neve caduta aveva già iniziato a sciogliersi, rendendo le strade bagnate e scivolose. Declan mise delle gomme nuove, e anche se erano di seconda mano, erano meglio di quelle lisce che non avevano fatto altro che causarmi problemi.

Non c'era musica alla radio, i canali sintonizzati si trovavano troppo lontani da dove vivevo ora. La mia macchina non avere la radio satellitare, quindi dovetti mettere dei CD per ascoltare un po' di musica. Risalii la montagna, la neve sciolta raccolta ai margini, probabilmente opera di un abitante della città.

Il sole iniziò a tramontare, ma non prima che arrivassi al ristorante di Lincoln.

Non vidi la macchina di Emma, ma ero partita prima di lei. Guardai il telefono. Non mi aveva chiamata, il che era un bene. Non mi avrebbe dato buca.

Mi diressi all'entrata, e cercai di aprire la pesante porta di legno. Non c'era nessuno all'accoglienza e nessuno prendeva le prenotazioni, neanche durante l'alta stagione o i periodi più pieni.

Un cartello all'ingresso diceva 'Accomodatevi', così presi posto al bar e poggiai il cappotto sullo sgabello accanto a mio, occupando il posto per Emma.

Il barista mi dava le spalle. I suoi jeans stretti e la maglietta nera aderente abbracciavano le sue curve. Mi leccai le labbra secche e lo guardai. Il suo sedere aveva un aspetto magnifico.

Non fantasticavo su un uomo da una vita. Il mio ex marito non era dinamite tra le lenzuola. I suoi bisogni venivano sempre prima, e quando lui aveva finito, avevo finto anche io.

"Posso avere un apri gambe?", chiesi maliziosa.

Il barista si girò verso di me.

Il mio sorriso svanì. Mi si aggrovigliò lo stomaco. "Jaxson," sussurrai e mi schiarii la gola. I suoi occhi erano fissi su di me. "Cosa ci fai qui?"

Cercai di sembrare tranquilla, come se vederlo non mi avesse spezzato il cuore dopo la litigata a casa mia.

"Non lavoravi alla Eagle Tactical?", chiesi. Aveva cambiato lavoro? Era successo qualcosa tra lui e i suoi amici militari? Era stato ostile nei miei confronti. C'era qualcosa sotto che io non capivo?

Prese uno straccio e pulì il bancone di legno, i suoi occhi mi evitavano. "Sto solo aiutando Lincoln. Il venerdì sera è sempre molto affollato e io ho finito di lavorare presto.

"Ho capito." Guardai dietro la mia spalla, sperando che Emma arrivasse presto. Mi sarebbe servito il suo supporto. Non ero sicura di quanto ancora potessi reggere Jaxson, parlare con lui, fare finta che tutto andasse bene, anche se non era così.

"Ti preparo un drink speciale", disse, e prese un bicchiere da shot da sotto il bancone.

Senza dire una parola, lo guardai affettare un jalapeno a metà e metterlo nel bicchiere.

Il mio stomaco sobbalzò. Non ero amante del cibo o delle bevande piccanti. Poi, versò la tequila e parecchia salsa piccante nel bicchiere prima di porgermelo.

"Il tuo 'Culo in Fiamme'. Salute." I suoi occhi brillarono allegri, prima di servire un altro cliente.

"Me lo sono meritata," borbottai sottovoce.

"Che hai detto?", chiese Emma.

Mi girai e tolsi il cappotto dallo sgabello accanto a me. "Ti ho tenuto il posto."

"Vedo che hai conosciuto il barista." Si sedette si sporse sul bancone, agitando la mano per attirare la sua attenzione. "Jaxson!"

Ignorò Emma, probabilmente perché era con me. "Se dovesse preparati un drink orrendo, mi scuso in anticipo, non siamo in buoni rapporti."

"Aspetta, conosci il mio ragazzo?"

Emma si girò verso di me.

I miei occhi si spalancarono, e presi un sorso del drink per non rispondere, dimenticandomi del mix piccante e disgustoso finché non mi toccò le labbra.

Tossii e cercai di non vomitare.

"Siamo vicini," dissi, non volevo dire nient'altro. Da quanto stavano insieme? Jaxson non me ne aveva parlato quando ci eravamo conosciuti, ma quello era accaduto più di un mese fa.

CAPITOLO QUATTORDICI

JAXSON

Cosa diavolo ci faceva al bar? Non era abbastanza che Ariella fosse venuta a bere, ora c'era anche Emma con lei.

Erano davvero amiche?

Volevo uscire e sparare a qualcosa.

"Jaxson!" La voce di Emma riecheggiò nel bar, ma la ignorai. C'era la possibilità che se ne andasse e basta?

Potevo vederla agitare la mano verso di me, sporgendosi sul bancone, cercando di attirare la mia attenzione.

Sospirai. Non potevo ignorarla per sempre, anche se lo avrei tanto voluto.

Non era abbastanza gestire Ariella, ora dovevo affrontare la madre di mia figlia, la donna che mi aveva calpestato il cuore e che aveva abbandonato Izzie. Ci avevo già discusso e speravo fosse tornata in California, ma a quanto pareva, non ero stato molto fortunato.

Deglutii la bile che risaliva la gola e sfoderai un sorriso finto, solare.

"Non è fantastico?", disse Emma con un sorriso smagliante. Stava sfoderando tutto il suo fascino. Avrei giocato al suo stesso gioco.

"Già," disse Ariella. Si rigirò il bicchiere tra le mani ma toccò il drink a malapena. Si mosse sullo sgabello, sembrava a disagio.

Era per il 'Culo in Fiamme' o per il fatto che non si aspettava di vedermi? Erano state assunte entrambe al Blue Sky Resort.

Adesso erano amiche? Non volevo chiedere, temendo la risposta.

Ariella sorseggiò il suo drink e fece una smorfia.

"Lo berrai tutto, fino all'ultima goccia," dissi, guardando Ariella.

Dio, ero così eccitato, guardando le sue dita accarezzare il bordo del bicchiere. Quanto tempo era passato dall'ultima volta che ero stato con una donna? Il solo fatto che non me lo ricordassi significava che era decisamente troppo.

Lei si portò il bicchiere alle labbra, bocca aperta e bevve il mix disgustoso che avevo avuto il dispiacere di assaggiare molti anni prima, grazie ai miei compagni dell'esercito.

Ariella serrò gli occhi e trasalì mandando giù il drink, sbattendo il bicchierino vuoto sul bancone di legno. "Voglio uno Screwdriver", esordì Ariella.

Emma spostò lo sguardo da Ariella a me, le sopracciglia corrugate. "Fammi un Sex on the Beach."

"Tu bevi quello che ti do io," dissi. Non avevo finito con lei.

Presi lo shaker e mischiai ghiaccio, vodka, succo d'arancia, succo di limone e triple sec. Lo versai sul ghiaccio e conclusi con del Ginger ale.

Porsi il drink a Emma.

"Beh, almeno non è quello che hai bevuto tu," disse Emma ad Ariella.

"Goditi la tua Doccia Dorata."

Presi un altro bicchiere per il drink di Ariella.

Emma guardò il liquore, disgustata. "Perché devi essere così stronzo?"

"Non ti preoccupare, il tuo drink è il prossimo," dissi, "non mi sono dimenticato di te." Per quanto disprezzassi Emma, Ariella era frustrante, ma non la odiavo.

Non proprio.

Avevo avuto un mese per rimuginare sul fatto che mi avesse mentito e che mi aveva nascosto chi fosse veramente. Mi ferì, ma non stavamo insieme. Non mi doveva nulla.

Non volevo ammettere di essere stato duro, e di certo non mi sarei scusato, ma dovevo fare qualcosa.

"Non sono sicura di avere sete," commentò Ariella, guardando il drink di Emma.

Presi un altro shaker e mischiai ghiaccio, vodka, liquore alla pesca, succo d'arancia e succo di mirtillo. Avevo già assaggiato questo mix e mi era piaciuto molto, nonostante il nome.

Servii il drink con del ghiaccio, passando il bicchiere ad Ariella. "Ecco il tuo *Fichetta*," dissi fissandola, senza nessuna intenzione di arrendermi.

"Perché non lo hai dato a me quello?", disse Emma, facendo per prendere il drink di Ariella.

Ariella lo allontanò da Emma e si avvicinò il bicchiere alle labbra, un lieve sorriso sul volto. "Sai che cosa mi piace."

Stava cercando di flirtare con me?

Ero stato uno stronzo tutta la sera e stava cercando di fare pace? O era l'alcol a parlare?

Non le avrei servito altro dopo il secondo drink. Non volevo facesse un incidente tornando a casa.

"Salve signore," salutò Declan, avvicinandosi al bar. Mise un braccio intorno ad Emma e l'altro intorno ad Ariella.

"Declan!", squillò Emma, gli occhi spalancati. "Puoi per favore chiedere a questo musone di preparami un drink decente?"

Declan sbuffò e indicò il drink giallastro. "Cosa ti ha preparato?" chiese.

"Una Doccia Dorata", spiegai con un ghigno. "Sappiano tutti che se la merita."

"Ahia," disse Declan e si allontanò dalle ragazze.

Fece il giro e si infilò dietro al bancone. Si girò verso di me, tenendo la voce bassa così che lo sentissi solo io. "Prenditi la serata libera. Non aiuti Lincoln, facendoti nemici i clienti."

Non ero tipo da arrendersi o farsi da parte. "Lincoln ha chiesto il mio aiuto."

"Sì, ma non credo che apprezzerà quando i clienti se ne andranno perché tu prepari drink disgustosi."

"Il mio *Fichetta* è molto buono," si intromise Ariella. Potevano sentire la nostra conversazione. Lei prese un sorso del suo drink, regalandomi un sorriso caldo.

Declan mi afferrò il braccio e mi trascinò sul retro, fuori dalla portata dei clienti. "Che diavolo succede?"

"Emma e Ariella sono amiche!"

Non potevo fare finta di niente.

Non solo Emma era tornata, ma ora si stava facendo degli amici in città. Per me, era segnale che non se ne sarebbe andata tanto presto.

"Oh, che orrore," mi canzonò Declan, con una risatina, poi alzò gli occhi al cielo. "Ti ho visto affrontare molto, molto di peggio senza battere ciglio. Quelle due ti stanno facendo agitare, Jaxson. Vai a casa, rinfrescati le idee."

"Non posso farlo." Non me ne sarei andato. Lincoln aveva bisogno di me, e non vedevo Ariella da un mese.

Per quanto potessi essere arrabbiato con lei, ero felice di averla vista. Significava che era ancora a Breckenridge e non se n'era andata a causa mia.

"Cazzo, amico. Sei davvero cotto. Non sono sicuro di chi però."

Incrociai le braccia al petto, mantenendo un'espressione neutrale. "Mi sa che ti sei confuso."

"Credo sia tu ad essere confuso," replicò Declan, "So che sei arrabbiato con Emma, ma ti ha detto di Izzie. Potresti darle una seconda possibilità."

Emma?

Pensava che provassi ancora qualcosa per Emma?

"Emma è la madre di mia figlia, niente di più. Non posso guardarla in quel modo, sapendo che voleva dare via Izzie, mia figlia, ad uno sconosciuto."

"Beh, ha fatto la cosa giusta. Non ha mentito dicendoti di non sapere chi fosse il padre, ed è venuta da te. Non dev'essere stato facile."

Aveva ragione. Non era facile per nessuno dei due. "Non si tratta di Emma."

"Ovviamente no." Gli occhi di Declan si strinsero.

"Quindi si tratta di Ariella?"

"No," dissi, rispondendo un po' troppo velocemente e in modo forzato.

Declan sorrise. "Okay, ottimo. So che ha un passato burrascoso, ma è uno schianto. Se non vuoi provarci o chiederle di uscire, lo farò io."

"Non ti permettere!"

Solo il pensiero che Declan portasse a casa Ariella mi fece bollire il sangue.

Sogghignando, indietreggiò fino al bar e si avvicinò al bancone. "Non pensavo fossi un tipo geloso."

"Cazzo," borbottai sottovoce mentre tornavo al bancone per aiutarlo. "Neanch'io."

Dando un'occhiata veloce, non vidi né Emma ne Ariella. Si erano alzate entrambe e stavano ballando al ritmo della musica, che era stata alzata al massimo.

Col drink in mano, Ariella ondeggiava a ritmo. I suoi fianchi si muovevano in una maniera che fece reagire il mio corpo in modi ai quali non ero pronto, quella sera.

Trovai difficile concentrarmi su qualcosa che non fosse lei, mentre stavo dietro al bancone.

Gli occhi di Ariella incontrarono i miei e sorrise. Se fosse per i drink o perché si stesse divertendo, non lo capivo.

Annuì nella mia direzione, notandomi.

Spostai lo sguardo da lei. Mi aveva mentito, facendomi crede di avere bisogno di aiuto e di soldi, e io ero stato un vero idiota a comprarle il frigorifero.

Mi odiavo per questo, ma ancora di più, odiavo Ariella per come mi faceva sentire.

Un uomo che non riconobbi si avvicinò, ballando contro di lei, separandola da Emma.

Il ragazzo era più basso di me e con qualche chilo in più, ma non di muscoli.

Non dovevo preoccuparmi che rubasse la sua attenzione, vero? Non era così attraente.

Ariella rise e finse un sorriso.

Stava parlando con lui? Non potevo credere che si fosse guadagnato la sua attenzione. Abbassai lo sguardo sul bancone, presi uno straccio e iniziai a strofinare il legno, lo strofinai forte come se potesse cancellare la rabbia e il dolore che irradiavano dal mio petto.

Mi rifiutai di alzare gli occhi.

Non volevo guardare un altro uomo flirtare con Ariella. Anche se ero arrabbiato con lei, lei era off-limits per tutti gli altri.

Le mie mani si chiusero in pugni e lanciai lo straccio per terra. I miei piedi sbatterono sul pavimento mentre uscii da dietro il bancone.

I suoi occhi verdi si spalancarono al mio arrivo e si mosse timidamente, alzando una mano per intimare allo sconosciuto di andarsene. "Spostati, per favore," disse Ariella.

La sua voce era morbida, incerta, tutt'altro che minacciosa.

"Dai, andiamo," sbuffò l'uomo avvicinandosi. Le sue labbra indugiarono sul suo orecchio mentre le sussurrava qualcosa.

Mi avvicinai alla pista da ballo, volevo essere certo che stesse bene.

Mi misi tra lui e Ariella e la cinsi con un braccio. "Scusa se sono in ritardo, amore," dissi, posando le mie labbra sulle sue.

L'avevo salvata, oppure stavo per ricevere un pugno in faccia.

CAPITOLO QUINDICI

ARIELLA

Dal nulla, mi baciò.

Aprii la bocca per chiedere a Jaxson che diavolo stesse facendo prima che infilasse la lingua nella mia bocca, il che mi fece restare ulteriormente senza parole.

Il sudore mi scivolava lungo la fronte, e sentii il cuore battere a mille non appena che smisi di ballare.

Il mio corpo rispondeva alla sua lingua nella mia bocca e alle sue mani sui miei fianchi, tenendomi più vicina a sé, più stretta, più forte. Era avvinghiato alla mia coscia.

Deglutii per sciogliere il nodo che avevo in gola e lentamente indietreggiai.

Jaxson mi fissava. Le sue dita scesero lungo la mia schiena e scivolarono sotto la camicetta.

Al suo tocco, ebbi un brivido di piacere.

La testa mi girava e sentivo le ginocchia tremarmi.

"Sembra che se ne sia andato," disse Jaxson, mentre il suo sguardo sembrava non voler lasciare il mio.

"Cosa? Ah, giusto."

Era per questo che mi aveva baciata con tanta passione? Per allontanare quell'ubriacone che non accettava un no?

Me la sarei cavata da sola.

Poi lui si avvicinò e posò le labbra sulle mie. Mi avvicinai e il mio respiro accarezzò il suo orecchio con un sussurro.

"Immagino di doverti ringraziare per essere venuto a salvarmi."

Emma non era stata per niente d'aiuto. Era sparita, e stavo ballando con lei fino a un momento prima. "Dove è andata Emma?" Mi districai dall'abbraccio di Jaxson.

"Se ne sarà andata quando ho iniziato a baciarti."

"A Emma piaci," dissi.

Non volevo mettermi fra di loro, se stavano insieme.

Le sue mani non avevano lasciato le mie, con le dita accarezzava la pelle

nuda della mia schiena con movimenti rilassanti. Il suo tocco riusciva a essere ipnotico, mi cullava verso di lui.

"Quello che c'era tra me ed Emma è finito molto prima che arrivassi tu." disse Jaxson.

Emma lo sapeva?

Lo aveva chiamato il suo fidanzato quando erano arrivati al bar. Voleva solamente illudersi?

"Lavoro con Emma. È una delle poche amiche che mi sono fatta in città."

Era l'unica amica che avessi in generale.

Avevo allontanato tutti da dove venivo, non volevo fare la stessa cosa qui. Questa era la mia seconda opportunità, un nuovo inizio dove quasi nessuno conosceva il mio passato.

"Ti ha detto che è la madre biologica di Izzie?" chiese Jaxson.

"Cosa?"

Feci un passo indietro, la notizia mi trafisse come un coltello nel petto. L'aria nel locale era umida, soffocante.

Mi tolsi dalle braccia di Jaxson e andai a cercare la porta d'uscita. Avevo bisogno di aria.

Dovevo sbollire prima che quella notizia mi facesse vomitare.

Sbattendo contro la massa di persone, in fondo alla sala trovai un'uscita sul retro, verso la gelida aria notturna.

Il buio copriva il cielo. La luna crescente non faceva nessuna luce, e sebbene la notte fosse stellata, non riuscivo a vedere oltre la mia mano. Mi piegai in avanti, facendo dei respiri profondi. Non avevo bisogno di vedere, per sapere che ero sul punto di vomitare.

Era forse dovuto più all'adrenalina che mi sprizzava in corpo che ad altro, ma ero affranta ed esausta.

"Ariella," disse Jaxson, correndo verso di me. Mise la sua calda e rassicurante mano sulla mia schiena.

Volevo allontanarlo, dirgli di non toccarmi, che non appartenevo a lui, ma non ci riuscii.

Non mi vennero le parole.

Il mio corpo era troppo stanco per parlare, troppo esausto per spiegare i miei mille pensieri. Non avrei mai potuto renderlo felice, non come poteva Emma.

"Respira," disse, strofinandomi la schiena da sopra il maglione.

Si congelava fuori senza il cappotto, e solo ora riuscivo a sentire qualcosa oltre al fuoco infernale che mi bruciava dentro.

"Stai tremando. Che ne dici di tornare dentro? Posso trovare un posto tranquillo in cui sederci."

Annuii, senza parlare. Dimenticavo che forse non riusciva a vedermi al buio.

"Sì," dissi.

Mi accompagnò di nuovo dentro il bar, attraverso la folla di clienti, di persone del posto che gente in vacanza che alloggiava al resort. Jaxson mi prese la mano e senza dire nulla mi accompagnò su per le scale sul retro.

"Dove stiamo andando?" domandai infine, affaticata dalla scarica di adrenalina di prima.

Certa gente trova l'istinto di attacco o fuga stimolante. Per me era estenuante.

Non avevo mai capito la gente a cui piace il bungee jumping o che si lancia da un aeroplano col paracadute. Io ero più per uno stile di vita più tranquillo.

"Lincoln ha un appartamento di sopra. Potremmo starcene lì per un po'. Fuori si congela, e quando ti sentirai meglio, ti darò un passaggio a casa."

Forse pensava che non reggessi l'alcol, e benché fossi esile, il problema non era quello.

Jaxson aprì la porta, accese la luce, e mi fece entrare, una mano sulla schiena mentre mi accompagnava al divano per farmi sedere.

"Grazie," sussurrai, fissandolo.

Sembrava fosse in missione, mentre apriva il frigo, per prendere qualcosa da bere. Apparentemente, a Lincoln non dava fastidio.

"Bevi," disse, portandomi una bottiglia d'acqua. "Vuoi anche dei crackers?"

Mi diede la bottiglia d'acqua e poi, prima che potessi rispondere, iniziò a frugare le antine in cerca, presumibilmente, di crackers.

"Mi basta questa. Grazie." Mi tremavano le mani mentre stavo seduta sul divano. Facevo fatica ad aprire quella stupida bottiglia d'acqua.

Molte persone non notano il tremore, ma quando l'adrenalina mi batte al gioco di chi è più tosta, diventa piuttosto palese.

"Quanto hai bevuto stasera?" Quel deficiente si è avvicinato per caso al tuo drink?" Jaxson aggrottò le sopracciglia, mentre si sedeva accanto a me sul divano. "Merda."

"Cosa?", chiesi. Aveva notato il tremore?

"No, non ho lasciato avvicinare nessuno ai miei drink a parte te sta sera. Ne ho bevuti solo due. Non è niente di ché."

Misi la bottiglia di plastica e le mani fra le gambe, sperando di fermare il tremolio, ma non erano solo le mani a tremare. Le gambe erano come attraversate da scosse incontrallate.

Cazzo, odiavo il mio corpo. Mi tradiva ogni volta che avevo una scarica di emozioni che mi aumentava il battito cardiaco.

Stare seduta mi era d'immenso aiuto, e sebbene il tremore non si fosse fermato, non sentivo più la bocca dello stomaco pesante come se stessi per vomitare o svenire.

Lui notò che non avevo ancora aperto la bottiglia e la tolse dalla mia presa, allentando il tappo prima di ridarmela. "È colpa mia?"

Perché stava saltando a quella conclusione?

Come poteva essere colpa sua? "Jaxson, non dire stupidaggini."

Feci un sorso d'acqua, usando due mani per evitare di rovesciarmi il contenuto addosso v...

Anche quel maledetto tremore non aiutava.

Perché non potevo vivere una vita normale come tutti gli altri?

Perché dovevo essere così sfortunata da avere un sistema nervoso autonomo che mi odiava a trent'anni e passa? L'avevo gestita da sola per anni, ma le persone appena conosciute si spaventavano.

"Quel drink che ti ho preparato," disse, fissandomi le mani, guardandomi mentre portavo la bottiglia alle labbra per un altro sorso. "Sono stato un coglione."

"Eri arrabbiato," dissi, per fargli capire che l'avevo perdonato. Mi aveva salvata sulla pista da ballo. Anche quel torrido bacio appassionato aveva contribuito. Mi sarebbe rimasto in mente per tutto il prossimo mese.

"Ti posso assicurare che quell'orrendo drink che mi hai fatto non c'entra nulla."

"Serve che chiami un dottore? Sei rossa in viso."

"Ho anche il battito accelerato," dissi ridendo. Ero abituata a quei sintomi, e odiavo quando interferivano con la mia vita.

"Rilassati. Rimani seduto con me." Mi piaceva la sua compagnia, anche se non ero ancora sicura di volerglielo confessare.

"D'accordo," disse e si rimise seduto sul divano. Non sembrava per niente rilassato.

Jaxson accavallò le gambe. Poi, mise giù il piede, cambiando posizione sul divano prima di rimettere entrambi i piedi a terra.

Io rimanevo seduta, senza muovermi, guardandolo agitarsi per trovare una posizione.

"Hai delle formiche nei pantaloni?"

"Mi fa piacere che tu sia in vena di fare battute e trovi tutto questo divertente."

"Non mi permetterei mai," dissi, portando la bottiglia d'acqua alle labbra per un altro sorso.

"Ci sono solo abituata, e anche se non è divertente, riesco a percepire una crisi prima che si verifichi."

"Ti succede spesso?" chiese Jaxson. Si piegò in avanti, le mani congiunte, appoggiate alle cosce, gli occhi fissi sui miei.

Non ero abituata a parlare dei miei problemi di salute con nessuno, oltre il mio vecchio medico. Dovevo trovarne un altro a Breckenridge, anche se un neurologo specializzato in disturbi del sistema nervoso autonomo non sarebbe stato facile da reperire.

"Succede di tanto in tanto."

Non approfondii. Non ero sicura di volermi confidare con lui. Le persone di cui mi ero fidata mi avevano sempre tradito.

"Non devi parlarne per forza se ti mette a disagio," disse Jaxson.

Emettendo un sospiro rumoroso, mi appoggiai allo schienale del divano, lasciando che la pelle del sofà cullasse il mio corpo. Era molto più comodo del divano di casa mia. Prima o poi, avrei voluto rinnovare l'arredamento, ma avevo le bollette da pagare.

"Dov'è Izzie?", chiesi.

"È a casa con mia sorella, questa settimana è in città."

"Perché tu non sei a casa con la tua famiglia?" Mi sorpresi. Non lo conoscevo così bene. Non eravamo in buoni rapporti, fino a oggi.

Jaxson si stiracchiò, il suo braccio cadde attorno alle mie spalle sullo schienale del divano.

Gli lanciai un'occhiata, mi fece un timido sorriso prima di tornare a fissare il muro.

"È una tipa difficile da gestire."

"Tua sorella o Izzie?"

"Entrambe." Jaxson grugnì in una risata sommessa. "Izzie mette alla prova la mia pazienza come farebbe qualunque bambina di tre anni, e mia sorella, Skylar, è fastidiosa tanto quanto Izzie."

Mi trattenni dal parlare, sorridendo mentre fissavo Jaxson.

"Vive lontano?", mi informai.

"A quattro ore di macchina circa, il che significa che non ha intenzione di andarsene sta sera."

"Peccato. Speravo che potessi farmi vedere la tua camera da letto, ma immagino che starò nella stanza degli ospiti," dissi, stuzzicandolo.

Lui sbuffò. "Così mi uccidi."

"Chissà perché, ne dubito," risposi, voltandomi per guardarlo. Appoggiai la mano al suo petto e picchiettai sulla sua camicia per rassicurarlo.

"Penso che tu possa gestire un po' di tempo in famiglia. Sei un tipo tosto. Voglio dire, fai quella roba alla Eagle Tactical di lavoro."

Non sapevo con precisione in cosa consistesse, ma era un lavoro adrenalinico, qualcosa che non avrei mai potuto fare.

Sebbene avessi avuto in passato un lavoro di alto profilo, le mie responsabilità non comportavano lo stesso tipo di rischio. Mi occupavo di sorveglianza da un computer, spesso dietro una scrivania in un ufficio da qualche parte nel globo. Un altro segreto

Mi afferrò il polso, incrociando le sue dita alle mie.

"Ti diverti a provocare?" Jaxson si piegò verso di me.

Una mano teneva la mia. L'altra si era mossa attorno al divano ed era adesso fra i miei capelli. Mi avvicinò a lui, per prendermi in braccio.

Sorpresa, rovesciai la bottiglia d'acqua aperta su tutta la sua camicia e i pantaloni.

Si contorse per il freddo, balzai via da lui come se lo avessi appena mutilato.

Mi appoggiai una mano al petto, capendo cosa fosse successo.

"Mi farai venire un infarto!"

"Be', almeno tu non sembri come se ti fossi venuta nei pantaloni.", sogghignai sotto i baffi. Cercai di trattenere il risolino, ma era un'impresa impossibile. "Potresti esserti fatto la pipì addosso."

"Già, questo è decisamente meglio."

"Il sarcasmo non fa per te," commentai.

Prese uno straccio dalla cucina e tamponò i pantaloni in un patetico tentativo di asciugarli.

"Serve una mano?" Sedevo sul divano, guardandolo, aspettando che si sistemasse.

Continuava a tamponarsi l'inguine bagnato, dimenticandosi della camicia umida.

Quella non sembrava dargli fastidio.

"Non lo saprà nessuno. Siamo solo io e te qui." Gli ricordai che eravamo da soli.

"Forse c'è un'asciugatrice qui. Puoi toglierti i vestiti e buttarli nell'asciugatrice. La fai andare per qualche minuto."

"Ti piacerebbe, vero? Era questo il tuo piano." Si tolse prima la camicia, appallottolandola e lanciandomela sul divano.

Andò con le mani ai bottoni dei jeans, sbottonandoli prima di tirare giù la cerniera.

Il tempo si era fermato e io trattenevo il respiro, aspettando che lui finisse di spogliarsi.

"Sì, mi hai beccato. Volevo farti spogliare in casa di Lincoln." Dissi, cercando di coprire il mio sorriso che sembrava impossibile nascondere.

Jaxson tirò giù i jeans e me li lanciò.

"Ti aspetti che faccia io il bucato? Se non te ne fossi accorto, non siamo negli anni '50."

Non riuscivo a togliergli gli occhi di dosso.

A petto nudo, aveva un fisico notevole. Non gli serviva l'abbronzatura per mettere in mostra i muscoli.

Il mio sguardo cadde sul suo corpo, esaminando ogni centimetro che riuscissi a vedere, i boxer nascondevano alla vista la parte più interessante.

"Per tua fortuna," disse Jaxson. Si avvicinò a me, piegandosi in avanti, mezzo nudo.

Emisi un profondo respiro.

Il mio corpo reagì, volevo toccarlo, assaporarlo, ed esplorare ogni cosa che lui avesse da offrire. Faticavo a tenere gli occhi aperti, il suo corpo mi sovrastava, mi stuzzicava.

Mi avvicinai a lui, piegato, cercando un bacio, un assaggio di ciò che offriva. Il bacio di prima al bar non era stato abbastanza.

Desideravo di più.

Stare vicino a lui, mezzo nudo, mi faceva girare la testa e mi rendeva irrequieta al suo cospetto, i suoi occhi fissi sui miei.

Jaxson mi strappò i suoi vestiti bagnati dalle mani, lasciandomi senza respiro e ansimante.

"Che bello provocarti," mormorai a bassa voce.

Si sentì qualcuno alla porta schiarirsi la gola, piuttosto rumorosamente, per attirare la nostra attenzione.

Jaxson fece un passo indietro, i vestiti bagnati in mano, mentre sbirciava per vedere chi stava entrando in casa.

"Voi due non potevate andare a casa di Jaxson?", chiese Lincoln. Si chiuse la porta alle spalle e si diresse in cucina, sbattendo i piedi sul pavimento. Non era una domanda retorica.

"Fatemi un favore e non fate nulla sul divano. Mi piace e non sopporterei di doverlo buttare o dargli fuoco dopo che ci abbiate messo sopra il culo." Lincoln aveva il senso dell'umorismo.

Risi e mi coprii la bocca. "Siamo solo venuti qui a riposare." Era una scusa patetica, ma non volevo dirgli la vera ragione e ricevere la sua compassione.

"Ma certo."

Lanciò un'occhiata a Jaxson, con niente addosso oltre alle mutande e un sorriso.

"Che tu ci creda o no, mi ha rovesciato dell'acqua addosso, e stavo giusto per mettere i vestiti nell'asciugatrice," replicò Jaxson.

"Questa è un'altra scusa, e non me la bevo," rispose Lincoln.

Jaxson mi fissò, aspettando che dicessi qualcosa. "Dammi un po' di sostegno."

Feci un altro sorso dalla bottiglia quasi vuota. "Te la stai cavando benissimo da solo."

Era divertente vederlo nervoso mentre il suo amico lo prendeva in giro. Lincoln non sembrava arrabbiato, e anche se non lo allietava il fatto che ci fossero ospiti in casa sua, non ci stava nemmeno cacciando via.

Lincoln indicò Jaxson. "Questo tipo sta cercando di approfittare di te? Perché se è così, gli faccio il culo." Si avvicinò a Jaxson, prendendogli di mano i vestiti bagnati.

Voleva vedere se gli avessi rovesciato l'acqua addosso?

"Direi che è un gentiluomo," dissi.

Lincoln mugugnò qualcosa, convinto dai vestiti bagnati. "Li metto nell'asciugatrice. Posso prestarti qualcosa di mio dall'armadio. Preferirei non vederti mezzo nudo nel mio salotto."

"Uff," mi lamentai. "Mi stavo godendo lo spettacolo."

I passi di Lincoln rimbombarono per la stanza, i vestiti bagnati in mano.

"Be', io no, ed è casa mia."

"Nulla da obiettare."

Finii quel che rimaneva dell'acqua, sentendomi già molto meglio. Forse erano state le chiacchiere, il fatto che entrambi mi avevano fatto dimenticare cosa mi avesse fatto stare male.

Non avevo realizzato che Jaxson era sparito dalla stanza prima che fosse rientrato, indossando dei pantaloni di tuta grigi e una maglietta nera.

"Dunque, dov'eravamo rimasti?" chiese Jaxson, dirigendosi al divano. Si mise davanti a me, sovrastandomi mentre lo fissavo. Le sue gambe incrociate alle mie, provocandomi senza che mi stesse nemmeno toccando. Piagnucolai per protesta.

Stargli vicino, dopo averlo visto spogliarsi poco prima, me lo faceva desiderare ancora di più.

Come se il bacio non fosse stato l'inizio della mia rovina.

"Stavi giusto per dirmi perché non hai una ragazza," dissi.

CAPITOLO SEDICI

JAXSON

"Posso rispondere io," interruppe Lincoln, tornando a grandi passi in salotto.

"Preferirei che non lo facessi," sbraitai, sperando che si facesse i fatti suoi.

Lanciai un'occhiata a Lincoln, intimandogli di chiudere la bocca.

Non aveva problemi a procacciarsi appuntamenti con le ragazze. Era sempre stato abile nel provarci con qualunque ragazza al bar e portarla a casa sua. Il fatto che il ristorante di sua proprietà in cui lavorava avesse un bar e una camera da letto di sopra, gli era d'aiuto.

Cercavo di non pensare a tutte le donne che aveva avuto sul divano su cui Ariella era seduta.

Lei mi fissava coi suoi occhi scuri e intensi, le guance ancora rosse ma non quanto prima, quando l'avevo portata di sopra per riposare. "Non hai pasti da preparare e clienti da servire?" chiesi.

"Sono salito per capire perché non ti stessi occupando del bar. Immagina la mia sorpresa quando ho trovato te e Ariella nel mio appartamento, con te già svestito."

"Gli ho davvero rovesciato dell'acqua addosso," disse Ariella, la voce morbida e timida. Aveva paura di Lincoln? Era un omaccione, come me e tutti gli altri della nostra banda, in cui prestavamo servizio.

"Almeno non macchiate il divano. Non voglio cambiarlo," sogghignò, prima di uscire dalla porta per tornare di sotto.

"Spero di non averti messo nei pasticci," disse Ariella con lo sguardo abbassato. Mi abbassai verso di lei, alzandole il mento col pollice. Volevo guardarla negli occhi, vedere la verità, capire a cosa stesse pensando.

Era pericoloso investire il mio tempo e la mia energia in una donna che, magari, non voleva una relazione. Quella però, era ancora la parte facile.

Mi aveva mentito, e questo non mi andava giù, quell'assillante sospetto che ci fosse ancora qualcosa che non voleva dirmi.

Il mio corpo mi tradì, baciandola sulla pista da ballo, e anche se normalmente sapevo controllarmi, accanto a lei non ci riuscivo.

Mollai la presa dal suo mento, senza riuscire a toglierle lo sguardo di dosso, ammaliato.

"Non mi hai ancora risposto," sussurrò Ariella, fissandomi.

Emisi un profondo sospiro, indeciso su cosa rispondere. Era molto più complicato del semplicemente non avere una ragazza. Lei sapeva di Izzie.

"Isabella è un impegno a tempo pieno. Diciamo solo che non tutte la pensano allo stesso modo."

"Non ci credo," sussurrò Ariella.

Mi prese la mano e fece un cenno col capo verso il posto vuoto accanto a lei sul divano.

Sprofondai nel divano. La pelle del rivestimento attorno al mio corpo era confortevole, dopo una lunga giornata.

"Non voglio perdere tempo con una donna che non è interessata a una relazione di lunga durata."

"E che mi dici di Emma?" chiese. "Perché non stai con lei?"

Mi passai una mano fra i capelli, arruffandoli. Sicuramente sapeva come fare domande indiscrete. "Non la amo."

Poteva essere così semplice la risposta? Era la verità.

Non ci eravamo mai amati.

"Oh," disse Ariella, la voce morbida, mentre le labbra formavano la forma di una piccola "o".

"È arrivata in città qualche anno fa per una vacanza con la sorella e le sue figlie. Mentre loro andavano a sciare, lei veniva al bar a bere. Così ci siamo conosciuti. Ci siamo ubriacati e siamo finiti a casa mia."

Era letteralmente così semplice. Tralasciai la parte in cui mi ero sbronzato dopo che mia sorella era venuta a farmi visita per poi andare via subito. La casa era silenziosa, vuota, e dovevo fare qualcosa per non pensare alle sue accuse per la morte di nostro padre.

"Be', mi sembra ovvio che lei ti voglia ancora." Si sistemò sul suo posto, allontanandosi leggermente, portando le gambe sul divano e mettendole di lato, infilandole sotto di sé.

Avevo visto come Emma si era comportata oggi, e non potevo dire di essere sorpreso.

Ero rimasto scioccato quando venni a sapere che si era trasferita a Breckenridge per lavoro.

Dopo la rabbia iniziale, il fastidio si era affievolito. Aveva il diritto di vivere dove volesse, ma questo non significava che dovevo darle la custodia di Isabella o anche solo lasciare che la vedesse. Quello però, non era un argomento che avrei discusso con Ariella.

"Volere ancora qualcuno significa che inizialmente era tuo. Questo non è mai successo. Non siamo mai stati amici o amanti. Abbiamo passato una sera assieme da ubriachi, ed è stata una pessima scelta."

Era stata l'unica avventura di una notte della mia vita e guarda dove mi aveva portato.

"Lei non mi ha detto questo."

Non mi sarei aspettato che lo facesse. Anche se non conoscevo Emma così bene, sapevo che non era del tutto sincera, anche se lei e Ariella erano amiche.

"Non mi sorprende. Non è andata a suo vantaggio. Lei pensa che ci sia qualcosa tra di noi, soprattutto dopo Izzie."

Emma non mi interessava.

Non ero neanche sicuro di voler rischiare il mio cuore con Ariella, ma mi sarei pentito di non averci almeno provato.

Qualcosa in lei mi aveva conquistato.

"Parlando di te, c'è qualche altro segreto che dovrei sapere?" chiesi.

Si morse il labbro, socchiudendo gli occhi.

"Sono un libro aperto su internet. Cerca il mio nome, troverai ogni dettaglio della mia vita."

Era così semplice? "È per questo che non mi hai detto il tuo vero nome?" insistetti.

Aveva forse paura che sapere chi fosse sarebbe stato troppo per me? Non era il massimo venire a sapere che il suo ex marito aveva rubato i soldi degli investitori.

Non l'accusavo più di esserne immischiata. Era stata assolta nel processo. Pur non avendo seguito il caso bene come avevo seguito l'ex marito, avevo fatto qualche ricerca dopo aver scoperto che lei mi aveva mentito.

"Volevo una seconda possibilità per ricominciare. Sono stata minacciata di morte, mentre ero sposata con quel bastardo pezzo di merda. Mi lanciavano mattoni alla finestra, e qualcuno aveva imbrattato con la vernice spray le mura e la porta. Per mesi, ho avuto paura di andare a casa, dormivo in macchina dove lavoravo. Ma non è durato molto, sono stata licenziata, e anche se poi sono stata assolta, non mi hanno dato indietro il lavoro. Mi avevano detto che ero cattiva pubblicità e un rischio troppo alto."

Capivo la sua frustrazione.

Il suo tono di voce diventava più alto, più determinato mentre parlava. Si sedette dritta e si mise una ciocca di capelli scuri dietro l'orecchio. "Pensavo che nessuna pubblicità fosse cattiva pubblicità," dissi. A quanto pare, non era vero.

"Questa è una bugia," disse Ariella.

Cercai di controllarmi, di rimanere calmo.

Sentire che la sua vita fosse in pericolo mi preoccupò. Avevo avuto a che fare con gente fuori di testa nel mio lavoro. "Le minacce hanno cessato da quando ti sei traferita qui?", chiesi.

Me lo avrebbe detto se fosse stata in pericolo, giusto?

Lentamente, annuì. "Nessuno sembra sapere chi io sia. Finché continua così, sono a posto. Spero solo che col tempo questa storia venga dimenticata." Si arricciò una ciocca dei suoi lunghi capelli scuri. "Non so se lo sai, ma ero bionda quando tutto questo è successo – il processo, le minacce, i notiziari. Avere i capelli scuri ha fatto sì che nessuno mi riconoscesse."

Mi piacevano i suoi capelli.

Diamine, mi piaceva quasi tutto di lei.

Il suo passato mi preoccupava, ma lo accettavo. Emettendo un morbido sospiro, le arricciai i capelli con le dita.

Mi piegai in avanti. Volevo baciarla, per toglierle via il dolore e la difficoltà del suo passato.

"Mi piacciono i tuoi capelli scuri. Li trovo sexy," sussurrai.

Tutto di lei era sexy, dal suo carnoso labbro inferiore alla cadenza dei suoi passi.

I suoi occhi si chiusero lentamente, e si sporse in avanti, le nostre labbra in collisione mentre l'avvicinavo a me. Dopo averla messa in braccio, il bacio si fece più intenso.

Si mosse contro i miei fianchi, accendendo un fuoco dentro di me con il dolce suono dei gemiti che si lasciava sfuggire.

Volevo divorarla e assaporare ogni centimetro del suo corpo, ma non potevamo farlo qui, non nell'appartamento di Lincoln, sopra il bar.

Mi tirai indietro con tutta la forza che avevo, e appoggiai la fronte alla sua, ascoltando il suo morbido, pesante ansimare mentre cercava di riprendere fiato. "Dovrei riportarti a casa e metterti a letto," sussurrai.

"Mi piacerebbe tanto."

———

Accompagnai Ariella di sotto e diedi le chiavi della sua macchina a Lincoln. Aveva accettato di accompagnarci e riportare la macchina più tardi con Declan al seguito, che l'avrebbe poi riportato a casa.

Uscimmo dalla porta laterale per discrezione.

La tenevo vicina, con una mano sulla parte bassa della sua schiena, tenendola al mio fianco nel buio. La mia visione al buio era sempre stata buona, si adattava in fretta.

Aprii la portiera del passeggero e la aiutai a salire sul pickup. Aspettai si fosse messa la cintura prima di chiudere la porta e fare il giro per salire al mio posto.

Volevo andare a casa con lei, seguirla dentro e deliziarmi con ogni centimetro della sua pelle.

Mi avrebbe invitato a entrare? Non volevo forzarla o approfittare della situazione.

Aveva bevuto due drink, ma era già passato un bel po'
di tempo. Anche se avrebbe potuto guidare lei stessa,
non volevo perdere l'occasione di prendermi cura di
lei. Il tragitto fu breve e veloce. Saltai giù dal mio sedile
e mi diressi verso la portiera del passeggero.
Accompagnandola alla sua baita buia, volevo
assicurarmi che entrasse in casa sana e salva,
specialmente senza una luce in veranda.

"Dovresti mettere dei pannelli solari," dissi. Dubitavo
che avrebbe fatto qualcosa fino alla primavera, però.
Faceva troppo freddo per mettersi a fare lavori
all'aperto.

"Lo aggiungerò alla lista delle cose da fare," rispose
Ariella. Stava ferma sull'uscio, le chiavi in mano,
maneggiandole ma senza fare nulla per aprire la porta.

Non avevo intenzione di andarmene prima che fosse
entrata. Misi le mani nelle tasche del cappotto per
tenermi al caldo e strofinai i piedi per terra. "Spero che
ora ti senta meglio."

"Sì. Grazie per stasera. Vuoi entrare? Posso offrirti un
caffè, un drink, o qualcos'altro?" Si morse il labbro.

Ariella sembrava nervosa.

Non capivo se non fosse convinta o temeva che avrei
rifiutato.

"Accetto   volentieri   quel   qualcos'altro," dissi, provocandola.

Le guance le si arrossarono, e attesi che aprisse la porta prima di seguirla dentro. Dopo un minuto, attizzò una lanterna e accese qualche candela.

C'era una bella atmosfera, con quelle luci soffuse.

"Posso offrirti qualcosa da bere?" domandò Ariella. Si tolse il cappotto e gli stivali. Io feci lo stesso, mettendoli vicino alla porta.

"Prendo quello che prendi tu," replicai, avvicinandomi alla caldaia a legna.

Mi piegai e afferrai la maniglia per aprire lo sportello. I cardini cigolarono „„„„„ . in protesta. Presi un appunto mentale di ripararli la prossima volta che sarei passato.

"Metto un po' di legna ad ardere." Anche se non vedevo l'ora di mettermi sotto le coperte con Ariella, non volevo che nella baita si congelasse.

Ad ogni modo, sarebbe stata una scusa per avvolgerla tra le mie braccia e renderla bollente e sudata.

Alimentando il fuoco, riportandolo in vita, vi lanciai un pezzo di legna dietro l'altro. Avevo il suo sguardo addosso. "Vedi qualcosa che ti piace?"

"In realtà, sì," disse e si avvicinò a me con disinvoltura.

Con due bottiglie di birra in mano, le appoggiò su un vassoio e prese a mordersi il labbro, tirandolo fra i denti.

Era una sorta di tic nervoso? Non avevo mai avuto modo di notarlo.

"Che c'è?", chiesi, rivolgendole un sorrisetto.

Indicò i miei vestiti. "Hai troppa roba addosso. Mi piaceva quel che ho visto prima. Peccato che Lincoln sia entrato."

"È un peccato, vero?"

Sarei andato a prendere i miei vestiti domani e avrei restituito questi a Lincoln.

Mi diressi verso di lei e la presi tra le mie braccia, il suo corpo si accoccolò sul mio, calzava a pennello.

"Mi sembra giusto, però, che anch'io ti veda con niente altro addosso, oltre alla biancheria."

CAPITOLO DICIASSETTE

ARIELLA

Deglutii per sciogliere il nodo che avevo in gola.

Voleva vedermi con solo la biancheria addosso?

Certo che voleva, l'avevo invitato in casa. Non potevo certo pensare che volesse solo qualcosa da bere.

"Prima tu," dissi, le mie labbra sfioravano le sue.

Il suo corpo era premuto forte contro il mio, le sue dita mi accarezzavano la schiena, proprio come prima, da sotto la camicetta. Le sue dita calde scorrevano sulla mia pelle, ma non mi toglieva la maglietta, mi provocava soltanto.

Jaxson fece un mezzo passo indietro, tirandosi via la maglietta da sopra la testa, lasciandola cadere con un tonfo leggero. "Tocca a te."

Mi si rizzarono i peli delle braccia, il mio respiro si fece più rumoroso, pesante e profondo mentre sentivo il calore inondarmi i sensi.

La temperatura nella stanza non si era alzata. Ero io, ero io a sentire caldo e in completa trepidazione, guardando Jaxson a petto nudo.

Potevo lasciare che accadesse?

Avevo ancora un altro segreto, uno importante che lui non sapeva. Avrei dovuto dirglielo prima, quando me l'aveva chiesto, ma custodivo quell'ultimo pezzo di me insieme al mio cuore.

Mentre non mi muovevo, le sue dita mi sollevarono la camicetta, centimetro dopo centimetro, senza fretta – alzando le braccia, lasciando che mi spogliasse, se questo era quello che voleva fare.

Si mise in ginocchio, le labbra sulla mia pancia, il suo respiro caldo e invitante, facendomi girare la testa.

"C'è una cosa che devo dirti."

Con le mani mi teneva i fianchi, tenendomi attaccata a sé mentre percorreva con le labbra un caldo sentiero partendo dalla pancia e passando dal reggiseno. Le dita di Jaxson scorrevano sul mio seno, stuzzicandomi, assaporandomi con baci delicati mentre mi toglieva la camicetta, gettandola sul pavimento.

"Riguarda i tuoi problemi di salute?" chiese, facendo una breve pausa, lanciandomi un'occhiata.

Scossi la testa. "Il medico mi ha dato il via libera" dissi, sforzandomi di sorridere alla mia battuta.

Per il sesso non c'erano problemi. Non avevo restrizioni riguardo l'intima attività fisica.

Sebbene volessi dirgli la verità su quel che facevo come lavoro prima di essere licenziata, adesso non mi sembrava il momento adatto.

"Allora questa è l'unica cosa che conta."

Sogghignò, gli occhi scuri colmi di desiderio. Catturò le mie labbra in un avvolgente, torrido bacio, le dita mi accarezzavano i capelli, avvicinandomi stretta al suo corpo.

"Hai ancora troppi vestiti. Prima non avevi addosso i pantaloni," gli ricordai, mentre le mie mani andavano ai suoi fianchi, accarezzandogli il morbido materiale elastico della tuta.

"Fa' pure," mi disse, dandomi il permesso di spogliarlo.

Infilai le dita sia nell'elastico della tuta che dei boxer, tirando giù entrambi con un solo movimento, abbassandomi per toglierli i pantaloni. I miei occhi scandagliarono il suo corpo nudo, ogni suo centimetro.

Volevo prenderlo in bocca, assaporarlo, toccarlo e accarezzarlo in ogni modo possibile.

Da quanto una donna non gli si inginocchiava davanti?

Si schiarì la gola, e questo attirò la mia attenzione mentre sollevai lo sguardo verso il suo.

"Tu mi farai impazzire," grugnì lui a denti stretti. Jaxson mi sollevò dal pavimento piantandomi i piedi a terra, impedendomi di stare in ginocchio.

Ridacchiai senza tante cerimonie, passandomi la lingua sulle labbra, aspettando di assaporarlo.

Jaxson si sporse in avanti. La sua lingua scivolò oltre le mie labbra e si spinse nella mia bocca con foga.

Una mano sul mio fianco, l'altra nei miei capelli, mi tirò con forza a sé. Avevo ancora i pantaloni e il reggiseno addosso, e lui era nudo. Sembrava un sogno divenuto realtà per me. Avevo immaginato come potesse essere sotto i vestiti, come sarebbe stata la sua pelle al mio tocco, ma non avrei mai pensato di passare una notte con lui.

Indietreggiò, ogni respiro affannoso, le sopracciglia aggrottate. "Ogni volta che ti lecchi o ti mordi il labbro, ti bacio, senza pietà."

"È una minaccia?"

Mi piaceva l'idea.

"Solo tu potevi prenderla come una sfida, Lentiggini," Jaxson brontolò. Non volevo ammettere che il soprannome che mi aveva dato mi mandasse fuori di testa e che mi faceva arrossire.

Ero tutta un bollore, il cuore batteva dentro la gabbia toracica come un prigioniero che cerca di evadere. Sentivo un calore sotto la pelle, in attesa del dolce rilascio.

Tirai fuori la lingua e lo sfidai a baciarmi. Volevo provare cosa aveva da offrire. Mi piaceva questo siparietto, il modo in cui giocavamo, cauto e dolce.

Mi afferrò i fianchi, strattonandomi a sé, e la sua bocca si fiondò sulla mia. La lingua sfondò le mie labbra e si inserì nella mia bocca.

Aprii le labbra per lasciare che entrasse, permettendogli di fare tutto ciò che voleva. Ero alla sua mercè, disposta a fare qualunque cosa e in qualunque posto.

Tutto ciò che doveva fare era prendere il comando.

Mi sollevò tra le sue braccia, e avvolsi le gambe attorno al suo corpo. Jaxson mi portò al letto, le nostre labbra erano fuse in baci appassionati, nessuno dei due voleva divincolarsi per primo.

Con foga, ci lanciammo sul materasso, il corpo di Jaxson copriva il mio, strofinandosi sopra di me, facendomi mollare la presa dai suoi fianchi. Tenevo la bocca incollata alla sua, i baci erano alimentati da un fuoco che sembrava non volersi estinguere.

Con le mani mi toglieva i pantaloni, lo aiutai, sollevando i fianchi così che potesse farli scivolare via. Mugugnai in protesta quando si allontanò dalle mie labbra.

Facendo scorrere i pantaloni giù per i fianchi, tracciando un percorso di baci tra le mie cosce, continuava a provocarmi.

Divenni irrequieta, desiderando di più. "Ti prego," ansimai, già col fiato corto. Mi girai di schiena mettendomi a sua disposizione, permettendogli di fare ciò che voleva.

"Ti prego, cosa?" chiese Jaxson, guardandomi torvo.

Non ero sicura di cosa volesse sentire. Non ero il tipo da supplicare, ma lo stavo già facendo mentre le sue dita si avvicinavano alle mie mutande, e lui si avvicinava col viso, soffiando delicatamente sul centro.

Dentro di me pulsavo, volevo essere toccata, soddisfatta, provare piacere. Mi avrebbe provocata fino allo sfinimento?

"Ti prego, signore?"

"Non era quello che volevo, ma mi piace come suona," disse soddisfatto. "Non ti facevo così sottomessa."

"Non lo sono," ribattei, decisa.

"Non c'è niente di male se lo sei, Lentiggini," disse Jaxson con un ghigno.

Le sue dita passarono su quel nucleo rovente che avevo sotto le mutande, ma non aveva ancora rimosso gli ultimi due strati di indumenti che avevo, le mutande e il reggiseno.

Impaziente, mi mossi leggermente, slacciandomi il reggiseno e lasciandolo cadere sul letto, non curante di dove finisse. "Ora va meglio," emisi un leggero sospiro.

"Molto meglio," disse Jaxson, compiaciuto dalla mia decisione. La sua lingua mi stuzzicava al di sopra delle mutande, trovando quel punto nevralgico che mi faceva inarcare la schiena.

I miei occhi si chiusero, le dita serrate alle lenzuola, strette fra i miei polpastrelli mentre le sue dita si divertivano a sfilarmi l'ultimo capo di vestiario che mi rimaneva. Le sue labbra e la sua lingua danzavano sulla mia pelle in un caldo sentiero che scendeva alle mie cosce, centimetro dopo centimetro, finché rimasi senza nulla addosso.

Provai a mettermi a sedere, aggrappandomi a lui per avvicinarmi. Quand'è che avevamo rallentato il ritmo focoso e frenetico con cui avevamo iniziato?

Era quello che io volevo, ma lui continuava lento e delicato, gustandosi ogni istante con me.

"Tu mi farai impazzire," mormorai, la schiena inarcata sul materasso mentre i suoi baci tornavano sù, alla destinazione prevista.

Il suo respiro indugiò per un momento prima di risalire il mio corpo mentre le dita scivolavano fra le mie cosce, là dove ero bagnata.

"Non ti farò impazzire, ti porterò soltanto vicina al culmine, ripetutamente..." Jaxson sussurrò, prima che le sue labbra si poggiassero di nuovo sulle mie. Le sue calde dita mi accarezzavano il corpo, estasiandomi ed eccitandomi mentre mi divaricava le gambe, torreggiando su di me. Le mie mani scorrevano sulla sua pelle, volevo prenderlo, toccarlo, massaggiarlo prima di portarlo dentro di me.

Lentamente, il suo calore, il suo corpo, divenne tutt'uno col mio. Sollevai i fianchi e lo cinsi con le gambe, guidandolo avanti e indietro, la mia schiena inarcata sul materasso. Tutto era perfetto.

Mi aggrappai a lui e un'ondata di calore mi percorse il corpo. Le dita dei piedi contratte, e il mio corpo in preda agli spasmi.

"Sto per..."

Non lo lasciai andare, i nostri corpi uniti. Era troppo bello, troppo intenso, e non avevo nulla di cui preoccuparmi.

"Continua," sussurrai al suo orecchio, mordicchiandogli il labbro finché non si lasciò andare, crollando sul materasso, annaspando.

Spinse e grugnì gli ultimi colpi, cadendo sopra di me prima di rotolare sul fianco, col fiatone.

Un lungo silenzio cadde su di noi, i respiri affannosi, i cuori battevano all'unisono.

Gli occhi mi si chiusero, e la calda comodità della coperta si alzò e si avvolse attorno alle mie forme nude, cullandomi per farmi dormire.

Volevo dire qualcosa, ma le parole non uscivano.

Il sonno mi avvolse, e dopo quella giornata estenuante, dormii come un sasso.

———

Mi girai sul letto, tirando fuori le braccia, trovando il materasso freddo accanto a me.

Ero da sola.

"Jaxson?", mugugnai e strofinai via il sonno dai miei occhi stanchi.

Non mi rispose. Nessuno rispose.

Irritata, mi misi a sedere, scoprendo di essere effettivamente nuda e che quello non fosse stato solo un sogno.

Sospirai, non capivo perché se ne fosse andato, ma non aveva importanza. Se voleva che fosse solo un'avventura di una notte, mi sarei comportata di conseguenza.

Gli avevo detto dall'inizio che non ero in cerca di una relazione fissa.

A malincuore, mi alzai dal letto.

"Merda!", imprecai, guardando l'orologio a pile sul mio comodino. La sveglia non aveva suonato.

Se non mi fossi data una mossa per uscire, avrei fatto tardi a lavoro. Dondolai per casa, mezza addormentata, tirando fuori dei vestiti puliti e rinunciando al caffè. Ci sarebbe stato il caffè al resort, e mi sarei fatta una tazza bollente una volta al lavoro.

Indossai i vestiti, infilandomi nei caldi stivali che mi aveva dato Jaxson, e corsi fuori dalla porta.

Non potevo permettermi di prendere segnalazioni al mio registro presenze o di perdere il lavoro. La paga non era il massimo, ma mi era bastata il mese scorso.

Il mio piede era premuto sull'acceleratore, sbandando giù per la montagna a una velocità alla quale non ero neanche a mio agio, ma mi ero abituata a guidare giornalmente avanti e indietro.

Di tanto in tanto, gettavo un occhio all'orologio, desiderando che il tempo si fermasse. Sapevo fosse impossibile, ma speravo di recuperare qualche minuto mentre mi fiondavo giù per la montagna. L'unico modo di andare più veloce era sciare giù per le piste, e questo avrebbe fatto fare una bella fine alla macchina o a me.

Le nocche divennero bianche, strette sul volante. Cercavo di non pensare a Jaxson, alla passione dei suoi baci, al sapore delle sue labbra, e al calore del suo corpo sul mio, in completo potere su di me.

La scorsa notte era stata fantastica, ma poi era sparito, senza lasciare traccia.

Avevo guardato il telefono prima di saltare in macchina. Non mi aveva scritto. Non c'erano chiamate perse. Non avrei dovuto essere infastidita, ma avevo il diritto di provare qualcosa.

Aveva aperto la porta del mio cuore. Fidarsi non era stato facile, ed era sparito subito dopo aver ottenuto ciò che voleva. Sesso.

"Maledetto!", urlai, sbattendo la mano sul volante.

Il cuore mi pulsava contro il petto. Mi sistemai sul sedile, sfrecciando verso il lavoro e ansiosa per diverse ragioni.

Dovevo tenere quello che avevamo fatto segreto. Non potevo dirlo a nessuno, men che meno a Emma.

Sfrecciai verso il parcheggio, premetti a fondo il freno, la macchina balzò in avanti dopo la brusca frenata. Saltai giù dalla macchina, chiusi la portiera, e con passo svelto corsi nel resort.

La reception era dietro l'angolo, mi ci fiondai. Appena girato l'angolo, raggelai.

Riconobbi l'uomo dell'altro giorno, quello con la giacca di pelle e il cappello da baseball, una strana combinazione con la temperatura fuori.

Tutti a Breckenridge indossavano spessi piumini, giacche da scii o parka pesanti. La pelle nera non sembrava per niente calda e sembrava decisamente primaverile.

"Spiacente, signore. Non possiamo dare informazioni sui clienti del resort," disse Emma.

Era dietro il banco della reception, un sorriso forzato in faccia. Le sopracciglia si inarcarono mentre piegava leggermente la testa di lato. "Non sto cercando un cliente. Credo che quella donna sia una dipendente e si chiama Ariella Ryan."

CAPITOLO DICIOTTO

JAXSON

La scorsa notte era stata meravigliosa, fantastica, la migliore della mia vita.

No, non stavo esagerando.

Stare con Ariella mi aveva ricordato di quanto fosse bello condividere con un'altra persona la comodità di un letto caldo.

Non avrei voluto andarmene, ma mia sorella, Skylar, era ancora con Izzie. Ariella non si era mossa quando l'avevo baciata dopo essermi rivestito per andarmene. Le avevo scritto un bigliettino lasciandolo sul suo frigorifero nuovo.

Devo andare a casa da Izzie. Vorrei restare tutta la notte con te.

Scrivimi se vuoi che ti porti la colazione. -Jaxson

Mi sarei aspettato un messaggio o una chiamata. Qualcosa per farmi sapere che non si era pentita di quanto successo tra noi e che per lei significasse di più di una semplice avventura. Speravo di non esserle apparso troppo smielato con il biglietto o di averla spaventata.

Il telefono vibrò sulla scrivania, lo afferrai, sperando che Ariella mi avesse risposto.

A che ora Izzie fa il pisolino?

Era solo Skylar.

Era venuta a farmi visita senza preavviso ed era rimasta per la settimana. Non potevo non presentarmi a lavoro, e le ferie erano pianificate in anticipo.

Inoltre, passare il tempo con mia sorella non si poteva di certo considerare una vacanza. Almeno, Izzie poteva non andare all'asilo nido per una settimana, il che era un buon compromesso. L'asilo nido chiudeva sempre alle 18:00, ed era impensabile per me arrivare per tempo. Uno dei ragazzi solitamente si occupava di andare a prendere Izzie se ero impegnato sul campo o con la richiesta di un cliente.

Ignorai il messaggio di mia sorella. Izzie non si sarebbe addormentata facilmente con Skylar. Odiava il pisolino, e non era neanche mezzogiorno. Skylar avrebbe dovuto giocare con lei tutto il giorno, non solo per qualche ora. Quello era il prezzo da pagare per la visita.

Ero uno stronzo, ma se voleva passare del tempo con la nipotina, doveva comportarsi come se lo volesse davvero.

Ancora nessun messaggio da Ariella.

Emettendo un profondo sospiro, Declan entrò nel mio ufficio. "Dobbiamo fare una riunione." esordì Declan, a braccia conserte, le sopracciglia aggrottate.

"Certo, riguardo cosa?"

"Vieni con me," disse Declan, facendomi gesto di seguirlo. Sbatteva i pesanti stivali sul pavimento mentre mi conduceva alla sala riunioni dove il resto della squadra di Eagle Tactical si trovava disposta attorno al tavolo.

"Che succede? C'è una nuova richiesta?" chiesi. Di solito, venivo consultato per primo, ma ero stato impegnato ultimamente. Lincoln sedeva al tavolo con Declan, Aiden, e Mason.

Lincon si schiarì la gola. La sua espressione era cupa. "Siamo preoccupati per la tua relazione con la nuova ragazza." Non mi aspettavo di vedere lui alla Eagle Tactical oggi.

Era un nostro collaboratore, si occupava di operazioni specifiche quando servivano le sue competenze, ma non era un dipendente a tempo pieno a causa del suo ristorante.

Mi sentii montare la rabbia, serrai i pugni, le unghie mi perforavano il palmo.

"La mia vita personale non è affare vostro."

Non potevo crederci! Volevano farmi una ramanzina? Sapevano che non ero un tipo da avventure di una notte. Avevo una figlia a cui pensare.

Mason si piegò indietro sulla sedia, tutti erano decisamente troppo rilassati. "Ti stai avvicinando troppo a lei, Jaxson. Quella ragazza porta guai, guai da quarantadue milioni di dollari."

Quella era la somma del cui furto era stata accusata. "Lei non è quella ragazza," dissi, difendendola. "Quello che ha fatto il suo ex marito non la definisce. Tra l'altro, non meritiamo tutti una seconda possibilità?"

Loro ne avevano passate di ogni.

Noi tutti. Ci eravamo sostenuti a vicenda nel bene e nel male. Nessuno di noi si era liberato dei fardelli e degli errori fatti in passato.

"Senti, non la conosci bene," disse Lincoln, "ma vi ho visti piuttosto in intimità nel mio appartamento, e questo non è da te. Tu non parti in quarta per scoparti la prima gnocca che capita. Questo è il modus operandi di Aiden."

Mi si serrò la mandibola. "Non sapete cosa state dicendo." Non era affare di nessuno che avessimo fatto sesso. Non erano nella posizione di dirmi nulla.

"So che sei una persona rispettabile," disse Lincoln, "ma quello che stavi facendo non era rispettabile per niente. Aveva bevuto. Declan mi ha detto che l'avevi fatta sbronzare al bar."

Sembrava che Lincoln non mi avesse creduto, quando ci aveva visti la sera precedente.

"L'ho portata di sopra a bere un po' d'acqua, per sedersi in un posto tranquillo, e tranquillizzarsi. Le avevo dato solo due drink, e avevo pensato che stesse avendo un attacco di panico dopo che le ho detto una cosa mentre stavamo ballando. Ha un problema medico. Non importa," dissi, tagliando corto.

Non dovevo spiegare a loro i dettagli del suo trascorso medico o di cosa avesse passato.

"Già." Mason non mi credeva.

"Giuro che mi ha rovesciato dell'acqua addosso. Non è successo niente a casa tua, Lincoln."

Non ero un uomo così squallido.

Anche se avessi voluto strapparle i vestiti di dosso e sentirla urlare il mio nome, non l'avrei fatto sul suo divano e a casa sua.

"Ma qualcosa è successo?" chiese Lincoln.

Non era affar loro quello che era successo tra noi. Eravamo entrambi adulti, liberi di comportarci come volevamo.

Lei non era ubriaca. Aveva solo bevuto due drink ed era passato del tempo da quando aveva bevuto a quando eravamo andati a letto insieme – una cosa che non doveva interessare a nessuno di loro.

Aiden sedeva in silenzio, le mani congiunte sul tavolo. Non l'avevo mai visto così taciturno. "Hai qualcosa da aggiungere?", domandai.

"Non l'ho mai incontrata," disse Aiden. "Ho letto il suo fascicolo, quello che il nostro cliente ha chiesto di recuperare. Raramente sono d'accordo s nel mischiare faccende lavorative e di svago, ma non ti ho mai visto così felice. Nonostante questo, non la conosco. Conosco solo quello che ho letto, e quella ragazza ha dei segreti. Sai cosa faceva di lavoro prima che la sua vita andasse a rotoli?"

Non gliel'avevo chiesto, e dopo aver visto il nome 'Ariella Ryan' e capita la connessione, non avevo motivo di continuare a indagare. "No, non so cosa facesse di lavoro. Ha importanza?"

Non gliel'avevo chiesto. Avrei dovuto. Non pensavo avesse importanza.

"Prima di essere licenziata, Ariella Ryan era un'agente della C.I.A. Si è occupata di sorveglianza da remoto a livello internazionale per diversi anni, prima di sposarsi e sistemarsi a New York, dove lavorava in un distaccamento fingendo di essere la curatrice di un piccolo museo."

Sostenni lo sguardo di Declan.

Era serio?

Aveva molti segreti, ma un'agente della C.I.A? Non potevo neanche immaginare fosse vero.

Era bassa, esile, e sebbene non la considerassi sprovveduta, avevo visto come aveva reagito la scorsa notte e dubitavo potesse fare un lavoro del genere.

"Sei scettico," disse Mason. "Lo ero anch'io, soprattutto dopo averla vista, ma tutto torna. Perché altrimenti vorrebbe vivere come un No-Tech?"

Scossi la testa. Non ci credevo.

Era infastidita quando aveva visto che la baita non aveva elettricità, arrabbiata, anzi.

Che stesse fingendo?

Declan fece scivolare sul tavolo una cartellina verso di me. Aprii il documento e scorsi velocemente le pagine per vedere cosa fosse vero e cosa no. "Perché non ho trovato nulla di questo quando ho cercato il suo nome?"

"Non è semplice da inquadrare," disse Mason. "La sua copertura era quasi saltata quando il suo ex marito è stato arrestato. Dopodiché, i dettagli non sono chiari, ma sospettiamo che quel matrimonio fosse una copertura. Era immischiata in qualcosa, e quando il governo ha avviato la caccia al marito, qualcuno si è insospettito e ha iniziato a ricercare anche lei."

Mi passai una mano fra i capelli. "Tutto questo è assurdo."

Facevo fatica a fare chiarezza fra tutte quelle informazioni, ma guardando il fascicolo, era tutto scritto lì. Una copia del suo documento e una scansione delle sue credenziali della C.I.A., incluso il suo tesserino. "Siete sicuri che sia lei?"

"C'è dell'altro," disse Mason, "abbiamo scavato nel suo trascorso. Da quello che possiamo trarne, suo marito potrebbe non essere il responsabile dello schema Ponzi per cui è finito in galera lo scorso anno. Lei è ancora ricercata dalle stesse persone che hanno incastrato suo marito. Da quel che ho trovato nel dark web, ci sono indizi su Ariella Ryan, aka Ariella Cole."

La paura si insinuò nel mio petto, soffocandomi. Era in pericolo.

"La buona notizia è che la sua esatta posizione non è ancora stata scoperta," disse Aiden,"c'è ancora tempo per aiutarla se è questo che vuoi."

Stavo fermo, il fascicolo aperto ma dimenticato sul tavolo.

"Certo che è quello che voglio. Ha bisogno del nostro aiuto. Se è della C.I.A., allora è praticamente una di noi."

"Adesso non esagerare," replicò Lincoln, il suo tono era tagliente, gli occhi semi chiusi. Non sembrava d'accordo nel volerla aiutare.

Ero infastidito dal fatto che mi avesse mentito, che avesse nascosto la verità proprio a me, ma aveva bisogno di aiuto. Non l'avrei abbandonata ora che era nella merda.

Il telefono mi vibrò in tasca. "Giuro che se è ancora Skylar..." grugnii, sommessamente estraendo il cellulare.

Alzai il dito per attirare la loro attenzione. "È Ariella," dissi.

Mi si contorse lo stomaco, la preoccupazione stampata in faccia. Deglutii il groppo in gola e piantai i piedi a terra, per rimanere in equilibrio. Avevo un sacco di esperienza sul campo nel non perdere il controllo dall'emozione. Quel giorno non faceva eccezione.

Dovevo essere forte per Ariella e, sebbene fossi innervosito per le sue bugie, dovevo mantenere il controllo. Non volevo che mi voltasse le spalle adesso, non dopo quello che avevamo passato insieme.

"Vai, rispondi."

Mason indicò il mio telefono.

I ragazzi non mi avrebbero lasciato un briciolo di privacy, ma me lo meritavo dopo aver nascosto la testa nella sabbia, ignaro della verità sul suo passato e il pericolo che incombeva su noi tutti.

"Pronto?" Non dissi nulla finché le sue parole non uscirono in un sussurro.

"Sono Ariella. Mi serve il tuo aiuto. C'è qualcuno qui al resort che mi sta cercando, e hanno usato il mio nome da sposata. Puoi attivare la sorveglianza dell'albergo e vedere chi è?"

Di sicuro sapeva molto di quello che potevamo fare, le risorse di cui disponeva la Eagle Tactical, senza aver necessità di un mandato.

Una normale cittadina non avrebbe saputo così tante cose, ma un'agente della C.I.A. certamente conosceva le nostre competenze e abilità per fare quello che aveva chiesto.

"Sei in pericolo?", chiesi, senza rispondere alla sua domanda.

Ancora non sapeva che ero al corrente del suo precedente impiego, della sua vita prima che si sposasse, il segreto che mi aveva celato.

Ero arrabbiato per le menzogne? Sì, ma non avrei lasciato che il mio giudizio venisse annebbiato proprio mentre lei aveva bisogno di aiuto.

"Non lo so," sussurrò. "Può darsi. Spero sia solo qualcuno che mi cerca per quello che Benjamin ha rubato."

"Ariella, dobbiamo parlare, chiarirci su alcune cose." Ero immobile, incapace di starmene semplicemente seduto ad ascoltare quello che aveva da dire. Misi il telefono in vivavoce.

"Lo so," balbettò lei. "Merda. Viene in questa direzione."

"Descrivimelo." Misi la chiamata in muto.

"Si trova la Blue Sky Resort. Serve accesso immediato alle videocamere di sicurezza. Se ricordo bene abbiamo impostato e memorizzato il loro sistema nel cloud.", mi rivolsi ai miei compagni.

Declan si sollevò, la sedia cigolò al suo alzarsi.

"Mi attivo per ottenere l'accesso. Appena scopro il nome del tizio, farò fare a Mason una ricerca su di lui."

"Voglio sapere tutto su di lui, anche le multe stradali a suo nome," dissi.

"Certo," assicurò Declan.

L'espressione di Mason rimase cupa, ma non proferì parola.

Tolsi il muto alla chiamata e cercai di recuperare quanto Ariella aveva detto riguardo quell'uomo.

Lincoln si era annotato tutto mentre noi stavamo parlando, gettai un'occhiata alla lista con scritta la sua altezza, il peso, il colore dei capelli e i vestiti.

"Ho subito trovato strano che indossasse una giacca di pelle con la neve fuori. Ha catturato la mia attenzione, ma non l'avevo riconosciuto," disse Ariella. "Era fuori nel parcheggio quando me ne sono andata ieri sera. Gli sono quasi passata vicino mentre era alla reception a parlare con Emma." "Mason e Declan mi stanno aiutando ad accedere alle videocamere di sicurezza e fare un controllo su quest'uomo misterioso. Ti vengo a prendere al resort con Lincoln. Riesci a tenere un profilo basso, e trovare un posto in cui nasconderti? Ti scrivo non appena arriviamo al resort."

Un sussulto ovattato arrivò dall'altra parte della cornetta. Mi saltò il cuore in gola.

Afferrai il telefono dal tavolo e mi infilai il cappotto prima di lanciarmi verso il mio pickup.

I passi pesanti di Lincoln mi seguivano, cercando di raggiungermi. Non avevo proprio annunciato che stessi per partire, ma con quel suono preoccupante, non potevo aspettare un altro momento.

"Ariella?"

Tirai fuori le chiavi dalla tasca, accesi il motore, e mi fiondai nel freddo pungente.

Rumori di lotta, un sussulto, un suono sordo, qualcosa era caduto.

Il suo telefono?

La linea cadde.

CAPITOLO DICIANNOVE

ARIELLA

Mani rudi e sudate mi afferrarono, dal mio nascondiglio nel vicolo.

Il mio telefono cadde per terra e l'assalitore lo calpestò, rompendolo in mille pezzi, lo schermo in frantumi scricchiolò sotto la punta di ferro dei suoi stivali.

Non mi aspettavo che arrivasse qualcuno alle mie spalle, non mentre l'uomo col cappellino da baseball si trovava a pochi metri, dietro l'angolo, davanti a me.

Ero rimasta nascosta, ma ciò non mi era stato d'aiuto.

Il mio allenamento di difesa personale prese il sopravvento.

I miei anni alla C.I.A. avevano incluso addestramenti di combattimenti a corpo libero, anche se ero praticamente un'impiegata con studi in tecnologia, scienza e profiling. Le uniche operazioni sul campo di cui mi fossi mai occupata erano sorveglianze, effetto collaterale causato dai miei problemi di salute che iniziarono a manifestarsi nei primi anni di carriera, ma solo dopo aver passato tutti i test e aver completato tutti gli addestramenti. Che fortuna.

Mi strinse il collo in una morsa, impedendomi di respirare, avevo pochi secondi prima di perdere conoscenza.

Picchiai il mio gomito sull'inguine dell'assalitore, gettai la testa all'indietro colpendo il suo naso e mi girai per sfuggire alla presa sul collo.

Boccheggiai, cercando di inalare tutto l'ossigeno che potevo, il mio cuore gridava aiuto ma le parole non arrivavano alle mie labbra.

Non riconobbi l'uomo biondo dagli occhi sporgenti. I suoi spessi muscoli sporgevano dalla maglietta.

"Connor! È qui!"

Connor?

Doveva essere quello con lo stupido cappello da baseball che chiedeva di me. Non avevo riconosciuto il nome dell'uomo, e l'aggressore dagli occhi azzurro intensi era un altro sconosciuto.

Connor, l'uomo col cappello, girò l'angolo. I suoi passi risuonarono sul il pavimento, veniva verso di me, bloccandomi la via di fuga dal vicolo.

"Cosa volete?"

Era per i soldi che Benjamin aveva rubato, o mi avevano braccato perché avevo lavorato con la C.I.A.?

La mia identità era forse stata divulgata dal mio ex datore di lavoro o da altri?

Non avevo accesso a segreti di stato, nessun privilegio speciale come ex agente. Fui una disgrazia per l'agenzia, lo avevano messo ben in chiaro quando mi trovai costretta a licenziarmi.

Afferrando i miei lunghi capelli scuri, l'uomo dai grandi occhi li strinse nel pugno, tirando le ciocche. Strattonò con forza.

Urlai di dolore mentre mi trascinava verso l'uscita.

Gridai aiuto, scalciai e puntai i piedi sulla strada in pietra, ma non servì a nulla.

Cercai di divincolarmi, ma lui era veloce, i miei capelli restavano stretti nel suo pugno.

Connor era davanti a me, con un coltello in mano. Il metallo freddo mi sfiorò la guancia. "Hai paura adesso?", sibilò tra i denti storti, mentre il suo complice mi teneva prigioniera.

"Lasciatemi andare!" Mi ribellai e lottai con ogni briciolo di forza che riuscii a trovare.

Il mio gomito lo colpì allo stomaco.

Mi spinse contro il muro di mattoni gelidi del palazzo.

La mia testa sbatté contro la parete e le mie gambe cedettero.

"Sappiamo chi sei," disse Connor, tirandomi un calcio al petto, facendomi rimanere senza fiato.

"Vogliamo i nostri investimenti indietro. Tutti e due i milioni di dollari, e visto che siamo generosi, ci prenderemo soltanto altri due milioni di interessi. Ce li porterai entro il tramonto, stasera."

Sbuffai piano. Dovevano essere soldi sporchi.

A cosa diavolo aveva pensato Benjamin quando aveva preso i loro soldi da investire e rubare? Due milioni non erano pochi, e loro ne volevano quattro entro il tramonto?

L'uomo dagli occhi grandi mi tenne ferma, il suo peso mi bloccava contro il pavimento, le sue braccia mi tenevano in suo possesso, mentre Connor mi premette la lama sulla pelle.

Ridendo, mi tagliò il cappotto, riducendolo a brandelli. Il bordo della lama mi graffiò la pelle e strappò i vestiti.

Il mio petto e le braccia bruciarono. Mi difesi con gli avambracci, cercando di tirarmi su, e pur cercando di togliermelo di dosso, con duo uomini contro, non avevo possibilità.

Più tempo avrei passato a terra, più facile sarebbe stato per loro continuare ad attaccarmi.

Le mie dita toccarono il pavimento in pietra. Presi una roccia tra le dita, pronta ad usarla per difendermi.

Connor mollò la presa e ripose il coltello nella sua tasca.

Uno sbuffo pesante uscì dalle labbra dell'uomo, e con un solo avversario e senza nessuna arma puntata contro di me, girai i fianchi e gettai il mio corpo di lato, usando le gambe per scalciarlo via, obbligandolo a sdraiarsi per poi colpirlo con la roccia.

"Non toccarmi mai più," sibilai, ansimando, scossa da una rabbia pesante che mi fece rabbrividire insieme al freddo.

Connor si abbassò, dando la mano al suo complice per aiutarlo ad alzarsi. "Quattro milioni, o scaverai una tomba per la bambina e il suo paparino."

Come avevano saputo di Jaxson e Izzie?

Trattenni il fiato per qualche secondo prima di buttare fuori un lungo respiro.

Da quanto tempo mi stavano sorvegliando? Da quando mi ero trasferita alla baita?

Non vedevo Izzie da più di un mese. Jaxson non si era avvicinato a me fino a ieri sera.

La mia testa prese a girare. Mi appoggiai al freddo e duro muro di mattoni e lasciai che supportasse il mio peso e le mie gambe tremolanti.

"Vi darò i soldi.", risposi, digrignando i denti, e la durezza mi pervase.

Non sapevo come li avrei potuti salvare..

Non avevo quattro milioni di dollari, ma non avrei lasciato che niente accadesse a loro. "Dove ci incontriamo?" chiesi.

———

Rimasi in piedi con il mio cappotto a brandelli, rabbrividendo davanti all'entrata.

Camminai dall'uscita sul retro, dove ero stata minacciata e picchiata, fino alla porta principali. Gettai via il mio cappotto lacerato, le macchie di sangue un ricordo della mia debolezza.

Non sapevo neanche da dove perdessi sangue. Tutto mi faceva male, e i punti in cui la lama aveva lacerato la mia pelle bruciavano, ma non vidi ferite particolari.

Mentre aspettavo Jaxson, il tempo si era come cristallizzato.

Rabbrividendo, rimasi con il mio maglione rosa pallido distrutto. Era troppo leggero per l'inverno, e la mia giacca non valeva più niente, come il maglione, ma quello lo avrei buttato solo una volta arrivata a casa.

Il suo furgone blu scuro entrò nel parcheggio e frenò bruscamente davanti al resort.

Jaxson lasciò il motore acceso e saltò giù dal veicolo.

Lincoln era seduto al posto del passeggero, un'espressione rude sul volto. Non era felice di vedermi o che la sua giornata fosse stata interrotta.

Jaxson corse verso di me, togliendosi il cappotto e posandolo sulle mie spalle.

Aprì la portiera e mi aiutò a salire. Il calore della sua giacca e dell'abitacolo mi avvolsero.

"Grazie," dissi. Le spalle mi tremavano.

Jaxson si sedette accanto a me e chiuse la porta.

Non c'era posto per muoversi stando così vicini, le sue ginocchia mi sfiorarono le gambe. La sua mano calda mi sfiorò la guancia, e l'altra accarezzò i miei capelli, osservandomi con attenzione.

Al contrario degli uomini che mi avevano aggredita, il tocco di Jaxson era delicato ma fermo.

Mi mossi. La testa mi faceva male a causa dell'impatto contro il muro.

"Ci porto all'ospedale," disse Lincoln, spostandosi al posto di guida.

"Non è necessario." Non volevo andare in ospedale.

Ci sarebbero state troppe domane, la polizia mi avrebbe chiesto di sporgere denuncia e avrebbe avviato un'indagine. "Non posso andare all'ospedale. Non è a due ore da qui?"

"Un po' meno," rispose Jaxson.

Si piegò in avanti e recuperò una scatoletta di alluminio denominata 'Primo Soccorso' da sotto il sedile del passeggero.

"Sto bene," dissi mentre lui si occupava della ferita sulla mia testa.

Prese una piccola torcia dal kit e mi fece seguire la luce con gli occhi.

"Da quando sei diventato un medico?" chiesi.

La sua espressione rimase neutra, e spense la luce. "Non sembra avere una commozione. Perché non ci riporti alla Eagle Tactical?" chiese Jaxson. La sua attenzione tornò su di me.

"Da quando sei un'agente della C.I.A.?" rispose.

Sbattei gli occhi e mandai giù il nodo che avevo in gola. "Come lo sai?"

Nessuno avrebbe dovuto saperlo. Mi avevano assicurato che la mia identità e il mio passato con l'agenzia erano stati cancellati.

Jaxson non rispose. "Cos'è successo?"

Mi massaggiai la nuca e mi tolsi il suo cappotto.

Faceva caldo nel furgone o febbricitante per il suo interrogatorio?

Lui risistemò il cappotto sulle mie spalle. Il tessuto era caldo sulla mia pelle, e infilai le braccia nelle maniche. Jaxson chiuse la cerniera fino in fondo. "Stai congelando, Lentiggini. Serve più a te che a me."

Sentire il soprannome che mi aveva dato mi riscaldò immediatamente. "Non ho freddo," sussurrai.

Il mio sguardo cadde sul suo grembo.

Aprì una salvietta disinfettante e la passò sopra la ferita sulla mia fronte.

Sibilai dal bruciore che si dipanò nella mia testa. "Dimmi che hai degli antidolorifici lì dentro."

Anche se apprezzavo che si prendesse cura di me, non mi piaceva la sensazione bruciante causata dall'alcool.

"Dovrebbe esserci dell'ibuprofene" disse Jaxson. Si occupò del taglio sulla mia testa, pulendolo prima di applicare delle garze per chiudere la ferita. "Non c'è niente di più forte se è quello che stai chiedendo."

Si avvicinò e lasciò un bacio sulla mia ferita quando ebbe finito.

Gli occhi di Lincoln erano su di noi mentre guidava, dando occhiate allo specchietto retrovisore. Non sapevo cosa pensasse di me. Non ero sicura di volerlo sapere. Lo sguardo d'odio era sufficiente a farmi venire la tachicardia.

Raccontai a Jaxson di Connor e dell'uomo col cappello da baseball, come mi avessero attaccata e chiesto quattro milioni di dollari entro il tramonto. Non volevo raccontagli il resto ma meritava comunque di sapere la verità da me.

"Mi hanno osservata, probabilmente da quando sono arrivata qui. Sapevano di te e Izzie," dissi.

Jaxson chiuse il kit di primo soccorso e lo ricacciò sotto il sedile. La sua mano prese la mia. Sapevo che le sue mani erano grandi, ma il loro calore calmò un po' la mia ansia.

"Ti hanno minacciata," affermò, come se la mia vita non fosse stata completamente distrutta in un pomeriggio.

Trasalii mentre cercai di annuire. "Sì. Mi dispiace tanto." Non volevo che mi odiasse.

Anche se non ero una fan dello sguardo intollerabile di Lincoln, non lo avrei sopportato da Jaxson.

Alzò i fianchi per recuperare il telefono dalla tasca. "Skylar, sono Jaxson. Assicurati che le porte siano chiuse a chiave e tieni Izzie in casa e lontana dalla finestre. Attiva l'allarme e portala nella stanza dei giochi. Non aprire la porta a nessuno, chiaro?"

Riattaccò e rimise il telefono in tasca. "Vai dritto a casa mia," disse Jaxson.

"Affermativo," rispose Lincoln.

Lincoln cambiò la marcia e corse fino al passo sulla montagna per raggiungere in fretta la casa di Jaxson. La velocità aumentò mentre dal finestrino vedevo alberi sfrecciare accanto a noi.

Non sapevo cosa avremmo fatto con i due uomini e il denaro che volevano, ma erano l'ultimo dei miei pensieri.

Ero preoccupata per Izzie. La mano di Jaxson strinse la mia.

Era preoccupata anche lui.

"Mi dispiace," dissi a voce bassa, così da tenere la conversazione tra di noi.

Uno sguardo glaciale da Lincoln mi fece saltare il cuore del petto e incontrai i suoi occhi nello specchietto retrovisore.

La mandibola di Jaxson era contratta, le sue spalle quadrate. "Devo chiederti una cosa e tu mi devi il rispetto di rispondere onestamente."

Volevo dirgli che ero sempre stata onesta, e anche se avevo tenuto dei segreti, non gli avevo mai mentito, non direttamente.

Il mio stomaco ribollì di paura e angoscia.

Cosa mi avrebbe chiesto?

Sfoderai il mio sorriso migliore per scacciare ogni sua preoccupazione e strinsi le sue mani nelle mie. "Certo. Di cosa si tratta?"

"Quando ti sei trasferita nella baita, la prima sera, mi hai detto di essere sconvolta dalla mancanza di elettricità. Mi hai mentito? Quando ripenso a quella notte, ricordo che sembravi davvero sorpresa ma sapendo quello che so ora, che volevi toglierti di mezzo, andare in un posto in cui non saresti stata allo scoperto, avrebbe senso che avessi cercato un posto senza elettricità."

Jaxson mi lasciò la mano e riprese il telefono. Cercò l'annuncio originale della baita. Me lo mostrò, sollevando il telefono.

Fuori dai radar. La miglior vita rustica e silenziosa, per tutto l'anno o come perfetta casa vacanze circondata da miglia e miglia di sentieri.

"Non avevo interpretato fuori dai radar come niente elettricità."

"Beh, avresti dovuto," scattò Lincoln dal posto di guida.

Serrai le labbra, ponderando le parole. Perché era arrabbiato con me?

Era perché avevo lavorato per l'agenzia o perché stava difendendo il suo amico?

"Sì, fuori dai radar può significare niente corrente, ma può indicare un paesino in mezzo al nulla, che è precisamente quel che è la baita e dove si trova."

Avevo passato molto tempo a fare ricerche su piccoli paesini, ma la maggior parte erano troppo costosi e chiedere un prestito sarebbe stato troppo rischioso. Dovevo tenere un profilo basso, ma non aveva funzionato.

Mi avevano trovata lo stesso e non ero sicura di dove avessi sbagliato, a parte usare la carta di credito. Anche se riportava il mio nome da nubile, che avevo legalmente ripreso, era possibile che qualcuno lo avesse scoperto e mi avesse smascherata.

E ora mi davano la caccia.

"Merda."

"Cosa?", chiese Jaxson.

Rimise il telefono in tasca. Uscimmo dalla strada principale, verso l'ultima salita prima della sua casa nel bosco.

"Ho appena capito come mi hanno trovata. Sono stata stupida. Ho pensato che se avessi tenuto la testa bassa tutto si sarebbe sistemato, ma è stato chiaramente uno sbaglio."

"Ne hai fatti parecchi di sbagli," borbottò Lincoln.

"Cosa hai detto?", ribattei e mi girai verso di lui, allontanandomi da Jaxson.

Il furgone frenò bruscamente. "Siamo arrivati," disse Lincoln, parcheggiando.

"Resta qui. Tieni le porte chiuse."

Lincoln spense il motore e prese le chiavi. Chiusero il furgone e corsero in casa.

"Come faccio a scaldarmi?" chiesi.

Nessuno riuscì a sentirmi. Entrambi erano fuori, correndo verso la casa per accertarsi che Izzie stesse bene.

Un'utilitaria rossa era parcheggiata sul vialetto. Non avevo riconosciuto la macchina, ma non ero mai stata a casa sua. Mi avvicinai alla portiera ma non scesi.

Il motore del furgone si accese e io sobbalzai sul sedile, realizzando che Jaxson aveva acceso l'auto start. Almeno non sarei morta di freddo.

Una parte di me voleva aiutare. Non mi piaceva starmene seduta, guardando gli eventi svolgersi senza essere coinvolta. Sapevo anche se non sarei stata utile da ferita e non avevo il lusso di comportarmi da agente, pistola in mano e correre in giro con i giubbotti antiproiettile.

La verità era che non avevo mai partecipato ad operazioni sul campo, a meno che sorveglianza e appostamenti non vengano considerate operazioni eccitanti. Non era un lavoro emozionante, ma era essenziale per catturare i cattivi.

Mi mancava poter usare le mie abilità. Il lavoro al resort non era dei più entusiasmanti, ma avevo pensato che potesse essere un nuovo inizio. Invece pagava poco più del minimo sindacale, e mi avevano rintracciata. Ma non era colpa di nessuno al resort.

Ero brava a mantenere i segreti. Era tutto ciò che sapevo e guarda a cosa mi aveva portata.

Avevo mentito a Jaxson, l'unico uomo che mi piaceva e con cui avevo una possibilità, tutto perché dire la verità era troppo rischioso e difficile. Ero preoccupata di essere esposta e mi aveva portato qui.

Mi odiavo.

BOOM!

BOOM!

Una forte esplosione scosse il furgone e fece saltare i finestrini.

Mi coprii le orecchie e la testa istintivamente, ma non sentii nulla tranne un leggero ronzio, e dopo, il silenzio.

CAPITOLO VENTI

JAXSON

Entrai in casa, chiavi in mano, spalancai la porta e disattivai l'allarme, lasciando la porta aperta per dare accesso a Lincoln.

Non mi girai per vedere dove fosse. Non lo aspettai.

"Skylar! Izzie!", gridai e mi affrettai al piano di sopra, nella stanza dei giochi dove avevo detto loro di nascondersi.

Aprii la porta ed entrai, ma la stanza era vuota.

"Skylar! Izzie!"

Riprovai, sperando che mi rispondessero. Avevo bisogno di sapere che stessero bene.

Isabella era tutto il mio mondo, e anche se Skylar non era la mia persona preferita, mi fidavo di lei con Izzie, che si prendesse cura di lei e la tenesse al sicuro.

Il silenzio riempì la casa mentre io spalancavo tutte le porte, cercandole ovunque.

Corsi giù per le scale e nel seminterrato, trovando Izzie in un cesto della biancheria, in piedi su delle lenzuola.

Skylar aveva aperto il coperchio dell'asciugatrice e stava preparando i colorati. La lavatrice girava rumorosamente, probabilmente rendeva difficile sentire, oltre all'insonorizzazione del seminterrato. Lo avevo costruito come base di addestramento prima che investissimo nell'edificio per la Eagle Tactical.

Tirai un sospiro di sollievo, prendendo Izzie tra le braccia, stringendola forte a me e facendola girare, felice che fosse al sicuro.

"Scusa, non vi avevo sentito entrare." Skylar guardò dietro di me e indicò Lincoln. "Non ci siamo presentati." disse sorridendo e allungando la mano verso di lui.

"Sono Lincoln Taylor," disse tendendole la mano. "È un piacere conoscerti." Lincoln sfoderò un sorriso affascinante per mia sorella, e portò la mano di Skylar alle sue labbra.

Skylar lasciò andare un risolino. Non ci voleva un genio per capire cosa stesse succedendo tra i due.

"È off-limits." Volevo fosse chiaro che non poteva frequentare Skylar.

Se fossero usciti insieme, l'avrei vista più spesso. Era l'ultima cosa che volevo, che Skylar trovasse un'altra ragione per stare a Breckenridge.

C'erano anche altre ragioni.

Era troppo infantile per gestire Lincoln.

Le piaceva flirtare e andare alle feste. Ero fortunato che non l'avesse fatto qui in città, tornando a casa dopo l'orario di chiusura, ubriaca e barcollante.

Non avrei tollerato quel tipo di comportamento, di certo non vicino a Izzie.

BOOM!

La casa vibrò dalla vicina esplosione. Strinsi Izzie al petto, coprendola, incerto su cosa stesse succedendo intorno a noi.

Lo sguardo di Lincoln incontrò il mio. Diedi Izzie a Skylar.

"Restate qui." I miei stivali calpestarono con forza gli scalini mentre tornavo al piano terra, correndo fuori per controllare Ariella.

I finestrini del furgone erano andati in pezzi. Corsi fino al veicolo, i piedi scivolarono ma riuscii a rimettermi dritto prima di cadere.

"Ariella?"

Alzò la testa, gli occhi spalancati e il corpo scosso da tremori.

"Ero seduta qui quando i finestrini sono saltati in aria. Sembrava un'esplosione qui vicino."

Nessuno poteva essersi perso il rombo assordante.

"Senti anche tu quest'odore?" chiese.

Mi girai, guardando alle mie spalle verso il ponte che univa le nostre due case. Una colonna di fumo si levava verso il cielo.

Ariella spalancò la porta. Feci un passo indietro, facendola passare. I suoi piedi sprofondavano nella neve ad ogni passo rapido passo che mosse verso il ponte.

A differenza di casa mia, dove la neve era stata spalata, sul ponte era ancora alta e fresca.

"Resta con Skylar!" gridai a Lincoln, che si trovava sul portico, sopracciglia aggrottate telefono in mano. Indicò il fumo. Lo aveva visto anche lui.

"Chiamo i vigili del fuoco," disse Lincoln.

Seguii Ariella nella foresta e attraverso il ponte, seguendo il sentiero tra le nostre due case. Era più veloce a piedi che in macchina

Denso fumo nero si alzava nell'aria fredda. Il calore del fuoco ruggiva e veniva colpito dal vento. Non c'era nessuna possibilità di salvare la casa o quello che si trovava al suo interno.

"No!", gridò Ariella, correndo verso la baita.

Corsi dietro di lei e la presi alla vita, trattenendola mentre cercava di liberarsi, muovendosi e lottando per sfuggire alla mia presa.

"Ti prego! Devo entrare!"

"Non puoi." Le dissi all'orecchio, stringendo il suo corpo per fermarla, per farla restare con me.

Non capiva il pericolo?

Il fuoco scoppiava e si ingrossava, il rumore era assordante mentre le fiamme mangiavano la struttura in legno; lingue infuocate si ersero dalle finestre e nel punto in cui il tetto si trovava fino a pochi minuti prima.

Il suo corpo cedette tra le mie braccia, la presi in braccio per riportarla a casa mia.

"Mettimi giù!"

Cercò di liberarsi dalla stretta ma si arrese quando capì che non l'avrei lasciata andare. La sua testa si posò sul mio petto, le sue braccia attorno al mio collo.

"Sta bene?" Lincoln aprì la porta per me mentre la riportavo all'interno, conducendola al divano e stendendola.

"Sto bene," disse Ariella, sedendosi, i suoi piedi per terra e non stesi sul divano come l'avevo posizionata io. Si tolse il mio cappotto e me lo restituì.

"Cosa c'era di così importante in quella casa che hai sentito il bisogno di correre tra le fiamme? So che non hai animali domestici, e non ci vive nessun altro." Ci ero stato la sera prima ed eravamo solo noi due, ad esplorare i nostri corpi.

Sembrava già una vita fa.

Non aveva parlato della lettera che le avevo lasciato sul frigorifero. Avrebbe dovuto aspettare. C'erano cose più importanti a cui pensare. E poi, non ero ancora sicuro di poterla perdonare e di stare con una persona che mi aveva ingannato.

Cacciai via i ricordi della sera prima. Dovevo separare quel che c'era tra di noi.

"Nel mio zaino, c'erano delle foto." I suoi occhi erano puntati al suolo.

Mi avvicinai e mi abbassai davanti a lei. "Che tipo di foto?"

Non potevo ignorare il peso che gravava sul mio stomaco. Sentii di dovermi mentire ancora.

Cosa nascondeva nella baita che valeva rischiare la vita?

"Non capiresti." I suoi intensi occhi verdi si alzarono su di me.

"Mettimi alla prova, Lentiggini."

La tenni intrappolata contro il divano. Le mie gambe erano contro le sue.

Deglutì e si umettò le labbra con la lingua. Il silenzio avvolse la stanza.

"Vado a controllare Skylar e Isabella," disse Lincoln. Uscì dalla stanza a scese le scale per il seminterrato.

Ogni tonfo contro gli scalini di legno era più rumoroso del precedente.

Ariella si morse il labbro inferiore, tirando la pelle rosea con i denti. I suoi occhi si abbassarono nuovamente.

"Rispondimi *subito*, Lentiggini." Sollevai il suo mento con il pollice, le mie dita accarezzarono la pelle delicata.

"Qual era la domanda?" Arricciò le labbra e aggrottò le sopracciglia, la testa leggermente inclinata.

"Sei la regina dell'evasione, vero?" Ce lo aveva scritto in faccia.

"Non scherzare con me..." Non mi piaceva giocare, e non lo avrei fatto con lei.

"Le fotografie a casa tua. Di che si tratta? Foto di famiglia? Qualcos'altro? Siamo solo noi due. Mi devi una risposta sincera, Ariella. Soprattutto dopo che mi hai mentito sul perché sei venuta a Breckenridge."

Un lieve sbuffo uscì dalle sue labbra e sospirò. Mi spinse gentilmente il petto. Quando non mi spostai, alzò gli occhi al cielo e sbuffò, le braccia incrociate al petto. "Non era una bugia. Non ho mai detto a nessuno per chi lavorassi, nemmeno quando ero ancora assunta da loro."

"Intendi la C.I.A." dissi. Si ostinava a non usare il nome nell'agenzia.

Ariella si mosse sul divano, ma non poteva spostarsi più di tanto senza slegare le sue gambe dalle mie, e non lo fece.

Le presi le braccia e le attirai verso di me. Le sue mani sulle mie, sentii le sue dita congelate dalla temperatura esterna. Anche le guance erano leggermente arrossate, forse per il freddo. Poteva anche essere lo stress di aver visto casa sua andare a fuoco.

"Stai congelando. Perché non hai detto nulla?"

"Non mi sembrava importante" sussurrò, guardandomi.

Dietro il divano in pelle c'era una coperta.

Mi alzai e la presi, aprendola e posandola su Ariella. Le sue spalle si abbassarono e il suo corpo sembrò rilassarsi sotto la coperta. Presi posto accanto a lei, le mie gambe contro le sue, seduto sopra la coperta.

"Devi prenderti cura di te. Capisco che sei sconvolta per l'incendio, ma qualsiasi cosa sia andata distrutta, non vale più della tua vita."

"Questo non puoi saperlo," disse Ariella, gli occhi spalancati. Si girò verso di me. Le sue mani stringevano la coperta contro il suo corpo minuto.

"Allora spiegamelo." Non mi piaceva essere lasciato all'oscuro. Continuava a darmi i singoli pezzi del puzzle, uno alla volta. "Non mi piace essere tenuto sulle spine o dover tirare fuori i segreti di qualcuno a forza."

Tremò, sotto la coperta, e non capii se fosse per il freddo o per i problemi di adrenalina che aveva avuto il giorno precedente.

Si trattava di un problema quotidiano per la sua salute? Era un'altra domanda a cui volevo risposta, ma non mi aspettavo che spiegasse tutto stanotte. In primis, c'era la bugia sul suo passato, il fatto che avesse lavorato per la C.I.A, e qualsiasi cosa le avesse fatto rischiare la vita per recuperare quello stupido zaino.

"Circa quattro anni fa, rimasi incinta," disse Ariella.

Percorrendo a grandi passi la stanza, avrei potuto scavare un buco nel pavimento. Una scarica di energia mi percorse finché non sentii la sua risposta.

Rimasi sorpreso. Sentii un groppo alla gola. "Non lo sapevo." Non volevo agitarla. Mi avvicinai, torreggiando su di lei. "Cosa è successo?"

Guardò la coperta. "Noah nacque prematuro, dopo ventotto settimane. Ci furono complicazioni, sia per me che per il bambino. Era un guerriero, visse due settimane in incubatrice ma alla fine, fu troppo per lui."

Mi sedetti vicino a lei e le posai una mano sulla coscia, stringendola. "Mi dispiace tanto."

Mi si spezzò il cuore.

Suo figlio avrebbe avuto grossomodo la stessa età di Izzie. Non osai nemmeno immaginare cosa avesse passato e cosa avesse provato.

Serrò le labbra. "Anche a me. Il fuoco ha preso l'unica foto che avevo di mio figlio."

Un macigno si posò sulle mie spalle.

I suoi occhi brillarono di lacrime e prese un respiro, tirando su col naso, ma non cadde neanche una lacrima.

La sua forza surclassava la mia.

"Non voglio più parlarne. Fa troppo male anche solo pensarci. Mi manca ogni giorno, ma il suo braccialetto dell'ospedale e la sua foto erano nel mio zaino."

La presi in braccio, stringendola a me più che potessi.

Tremò. I suoi respiri erano brevi e veloci.

"Lascia che porti via il dolore," le sussurrai.

Le sue guance erano rosse. Le sue mani si posarono sul mio collo, fredde come il ghiaccio. Passò le dita tra i miei capelli. "Non puoi. Nessuno può."

Posai la fronte sulla sua. Non avrei accettato quella risposta. Volevo sdraiarmi con lei sul divano e baciarla finché il dolore non sarebbe svanito.

"Non so come avrei cresciuto Noah con Benjamin in prigione, da sola." Ariella si scostò. "Scusami."

"Per che cosa?" Perché si stava scusando con me?

Mi baciò la guancia prima di posare la testa sulla mia spalla. "Non so come ci riesci." Fece una pausa, lasciando un lungo sospiro. "Crescere tua figlia da solo. È straordinario per me che tu sia un padre single che lavora a tempo pieno."

"Magari ti conforterà sapere che crediamo che tu e il tuo ex-marito siete stati incastrati." dissi.

Si alzò. Pensavo che sentire la notizia l'avrebbe resa felice. "Cosa?"

"Il Blue Sky Resort ci ha chiesto di effettuare un controllo su di te prima di assumerti. Non ho approfondito molto. Una volta che ho capito che eri la moglie di Benjamin Ryan, ammetto di aver perso la testa."

"Sono delle scuse?" chiese Ariella, inclinando la testa, prima di scendere dalle mie gambe. Non volevo che se ne andasse.

"Forse," dissi. "Mason ha continuato a scavare e ha scoperto il tuo vecchio lavoro. C'erano delle transazioni discutibili che abbiamo ricondotto alla C.I.A.. Mason ha ipotizzato che qualcuno avesse cercato di incastrare te e Benjamin."

"Chi lo farebbe? A meno che non volessero incastrare anche me, ma perché? Poteva esserci una talpa nell'agenzia, qualcuno che abbia usato me come capro espiatorio?" Massaggiandosi le tempie, si piegò in avanti, la testa tra le mani.

Sperai che non stesse per sentirsi male. Volevo portarla con me alla Eagle Tactical ma non ero sicuro che avrebbe accettato.

La rabbia si dissipò e il suo corpo si rilassò. "Non avrei mai pensato di dover ringraziare Mason," disse.

"Lo farai."

"Benjamin era innocente?" La sua voce era tenue, rifletteva sulla notizia. "Sta scontando una pena di 150 anni nella prigione federale per frode, riciclaggio di denaro, truffa, la lista continua. Dio, sono un'idiota." Si scostò dal mio tocco. "Gli ho detto che lo odiavo, che non volevo parlargli o vederlo mai più."

Non avevo considerato il fatto che potesse avere ancora dei sentimenti per l'ex marito. Se non era colpevole, che possibilità potevo avere io con lei?

Mi passai una mano tra i capelli corti e cercai di cambiare argomento velocemente. Il pensiero che Ariella si sentisse colpevole e volesse tornare con lui mi diede allo stomaco.

"A parte quello," dissi schiarendomi la gola. "Abbiamo faccende più urgenti. Hai detto prima che i due che ti hanno aggredito hanno chiesto quattro milioni di dollari."

"Esatto. Io non ho tutti quei soldi. Se li avessi, credi che vivrei in mezzo al bosco senza corrente o riscaldamento?"

Aveva il riscaldamento. Non era il modo più facile per riscaldare la stanza, ma la casa poteva comunque essere riscaldata. Mi trattenni. Non aveva senso litigare per una baita che era stata rasa al suolo dalle fiamme. I vigili del fuoco ci avrebbero messo almeno venti minuti a risalire la montagna, e avrebbero potuto usare solo l'acqua che avevano già con loro.

Venti minuti erano troppi per salvare la baita, ma avrebbe impedito al fuoco di espandersi e distruggere la foresta.

Il rumore delle sirene in avvicinamento riecheggiò tra gli alberi.

"Nemmeno io ho tutti quei soldi, ma forse c'è un altro modo." Mi avvicinai alla finestra, guardando le scure e dense nubi che si alzavano nel cielo per un momento, prima di ridare attenzione ad Ariella.

Lei si alzò piano, piegando la coperta con precisione. "Non sia quanto mi piacerebbe avere quegli uomini tra le mani, ma so che se non li fermiamo, la prossima volta sarà peggio."

Sistemò la coperta di lana dietro il divano, dove l'avevo presa prima io. "Credi che c'entrino in qualche modo con l'incendio?" chiese.

Ariella camminò piano. I suoi passi erano impercettibili all'orecchio. Se non l'avessi guardata con la coda dell'occhio, non mi sarei mai accorto che fosse dietro di me.

Mi girai e guardai la colonna di fumo.

"Possiamo andare a guardare?" La sua voce era bassa e timida. Aveva paura forse che le avrei detto di no?

Anche se non mi piaceva l'idea di portarla con me, volevo controllare la scena e determinare se fossero state lasciate delle prove. Se i pompieri non fossero ancora arrivati, forse avremmo potuto vedere delle impronte.

Anni di addestramento militare mi dicevano che non si trattava di un incidente. Era rischioso, ma non avrei lasciato accadere nulla ad Ariella.

"Prendi questo," dissi e le offrii il mio cappotto, lo stesso che aveva indossato fino a poco prima. Presi un'altra giacca.

"Aspetta qui. Fammi dire a Lincoln dove andiamo, per non farlo preoccupare." Scesi di corsa nel seminterrato, avvisai Lincoln e Skylar che stavamo andando alla baita per controllare se ci fosse qualcosa di sospetto.

"Che velocità."

Avevo poco da dirgli, e non volevo che Ariella andasse da sola. Aprii la porta e la accompagnai fuori. "Difficile a dirsi, ma se il mio istinto ha ragione, non devono essere lontani."

Se qualcuno aveva intenzionalmente appiccato il fuoco, sarebbero rimasti a guardare il danno che avevano fatto.

Con la mano sulla sua schiena, ci incamminammo nella foresta e sul ponte.

Sorrideva e indossava ancora gli stivali che le aveva regalato. Li comprai come regalo per mia sorella, dato che non portava mai scarpe adatte quando veniva a trovarmi. La scatola era rimasta sepolta in fondo al mio armadio e ora aveva finalmente visto la luce del sole.

Attraversammo il ponte. Tra gli alberi, luci rosse brillarono sopra il camion dei pompieri che entrava nel vialetto.

"Hai visto? Il dannato capannone è sopravvissuto" brontolò sottovoce.

La struttura era in piedi per miracolo. C'era da meravigliarsi che il solo fumo non l'avesse buttata giù.

"Ho già trovato dove trasferirmi" mormorò, le mani in tasca.

Non l'avrei mai lasciata vivere in quella baracca. "E l'assicurazione per la baita?"

L'assicurazione avrebbe pagato per ricostruire la casa e le avrebbe dato soldi per le spese, a seconda della sua copertura.

I pompieri slegarono il tubo e aprirono la riserva d'acqua. Non c'erano idranti nelle vicinanze.

L'acqua si riversò sul fuoco, alzando una coltre di fumo. Presi Ariella e la avvicinai a me, coprendole la testa con la giacca per respirare.

L'aria mi bruciò i polmoni.

Lei tossì mentre il vento portava il fumo verso di noi, in piedi dietro la baita. "Non ho l'assicurazione", rantolò.

Le fiamme vennero soffocate dall'acqua, accecandoci col fumo mentre il vento si alzava.

La ventata sollevò le braci rimaste, ceneri nell'aria che volteggiavano come lucciole nel vento. Mi bruciavano gli occhi e Ariella continuava a tossire.

Dovevamo tornare indietro. Era stata un'idea stupida e pericolosa. L'avevo messa in pericolo.

L'aria pesante si riempì di fumo nero. Il ponte non era visibile. Con un braccio intorno alla sua vita, la spostai attraverso la densa nebbia. Non riuscivo neanche a vedere le mie mani davanti a me. Trattenni il fiato mentre la stringevo ancora di più a me, così che non si perdesse rischiando di andare incontro ad altri pericoli. Il fumo mi bruciò gli occhi. La cenere mi pizzicò il naso. Era tutta colpa mia.

Il vento si alzò ancora e boccheggiai, avevo bisogno d'aria. Ariella tossì e rantolò, il fumo la infastidiva più di quando facesse a me. L'aria rimase intrappolata tra i resti ardenti della baita e il fuoco riprese vita, mentre noi ci avvicinavamo troppo al fumo per vedere.

Il calore mi morse le guance.

Imprecai e attirai a me Ariella, spingendola dietro di me. "Tieni le braccia attorno ai miei fianchi." ordinai.

Mi servivano le mani per trovare la via tra gli alberi e anche se non volevo bruciarmi, volevo ancora meno che fosse lei a trovare le fiamme.

Spegnendo il fuoco, un getto d'acqua smorzò momentaneamente le fiamme. Altro fumo si alzò in aria.

Tossii e inciampai.

Mi bruciavano gli occhi.

Tra il calore intorno a noi, ancora bollente sulle fondamenta, aggirai la proprietà. Il sudore ricopriva le mie guance e la fronte, mentre la schiena tremò per il freddo.

La portai con me attorno al fuoco e lontano dal fumo, fuori pericolo, e percepii la luce prima di riuscire a vedere. La mia vista era annebbiata a causa del fumo, ma un piede colpì l'altro sul terreno.

Ansimando, caddi in avanti, lontano dalle colonne di fumo, le ginocchia sulla neve ghiacciata, respirai aria pulita: il fumo ora era alle nostre spalle.

Sentii le grida dei vigili del fuoco. Non potevo aiutare Ariella.

Le mie mani afferrarono la terra, stringendola forte tra le dita per ogni boccata di ossigeno che riuscii a prendere.

Con gli occhi annebbiati, vidi un uomo torreggiare sopra di me.

Una maschera mi coprì le labbra e la mia vita traballò e si spense, prima che tutto divenne nero.

CAPITOLO VENTUNO

ARIELLA

"Jaxson?", barcollò in avanti, un piede e poi l'altro finché non cadde sulle ginocchia.

Mi abbassai, tenendolo vicino a me.

"Aiuto!" gridai ai pompieri, sperando che ci fossero dei paramedici nei dintorni. Le mie mani strinsero la sua giacca, e le mia dita gli accarezzarono i capelli. Non vedevo segni di ustioni, nessuna ferita evidente.

A meno che non ci fosse qualcosa che non riuscivo a vedere, forse aveva respirato del fumo. Poteva esserci altro che non sapevo? "Vi prego, aiutatelo!"

Il tonfo di stivali contro la neve fece scorrere un brivido lungo la mia schiena. Mi ricordava il rumore dei vetri rotti sotto i piedi. Una squadra di paramedici corse verso di noi.

Il corpo di Jaxson si afflosciò, ma le mie mani lo afferrarono prima che potesse sbattere la faccia sulla neve, posandolo a terra il più delicatamente possibile.

Tossii e boccheggiai. Ondate di nausea mi travolsero, ma ignorai la sensazione.

A Jaxson serviva aiuto.

Io potevo aspettare. Avrei aspettato perché lui aveva bisogno di me. Aveva una figlia, e se gli fosse accaduto qualcosa a causa della mia incoscienza, non me lo sarei mai perdonata.

Un paramedico mi allontanò con gentilezza, dicendomi che avevano bisogno di spazio. Non volevo lasciare la sua mano; non volevo perdere l'unica connessione che avevo con qualcuno. Lasciarlo andare non era un'opzione accettabile per me.

"No," scossi violentemente la testa, tremando, nonostante non avessi freddo.

La nausea mi morse lo stomaco e sistemai una ciocca ribelle dietro il mio orecchio, espirando dalla bocca. Qualsiasi cosa per evitare di rimettere il pranzo. Anche se nemmeno ricordavo l'ultima volta che avevo mangiato.

La testa mi esplodeva, il cuore batteva all'impazzata e lo stomaco era in subbuglio. "Non lo lascio," dissi, stringendogli la mano. "Lui non mi ha lasciata."

"Dobbiamo controllarla," disse l'uomo, i suoi occhi studiavano il bernoccolo spuntato prima. "Dovrebbe farsi visitare anche lei."

"Non vado da nessuna parte senza Jaxson." Mi rifiutai di lasciare la presa sulla sua mano. Nessuno ci avrebbe separati.

Il medico brontolò e si lasciò andare in un sospiro rassegnato. "Bene, potrebbe almeno sedersi così potrò visitare anche lei? Sono preoccupato per la sua ferita alla testa."

Non aveva neanche visto i tagli e i lividi, i graffi di cui ero ricoperta.

"Sto bene," insistetti, indicando la benda sulla mia testa. "Questa non c'entra." Mi accovacciai piegando le ginocchia, tenendo d'occhio Jaxson, ignorando l'attenzione dei paramedici. Prese delle garze da una borsa e con le mani guantate, la posò sulla mia fronte.

Feci una smorfia per il bruciore. C'erano gocce di sangue fresco sulla neve - il mio sangue.

Il mio sedere si affossò sulla neve gelida e morbida.

La sua mano cancellò le prove del mio sangue, togliendole alla vista.

"Perché non viene con me? Si sieda nel retro dell'ambulanza così posso medicarle la testa," disse il paramedico.

Un altro paramedico si occupò di Jaxson, coprendo la sua faccia con una maschera per l'ossigeno su naso e bocca.

"Starà bene?"

Il medico mi accompagnò sulla neve bagnata fino all'ambulanza. Aprì la doppia porta e mi offrì una mano, aiutandomi a salire.

"Si sieda," indicò la barella.

Avrei preferito restare in piedi, ma feci come mi disse. Mi sedetti sul bordo della barella, le labbra serrate mentre le mie mani stringevano il bordo del letto.

Sbatté le porte e le chiuse dall'esterno.

"Hey!", urlai e saltai giù dalla barella, cercando la maniglia. Mi aveva chiuso dentro. "Aiuto!"

Tutto quello che succedeva fuori dall'ambulanza era attutito. Potevano sentire le mie grida?

"Aiuto! Fatemi uscire!" Le mie mani sbatterono contro le porte di metallo.

Una porta sbatté e il motore dell'ambulanza si accese. "Merda," dissi. "Aiuto! Sono chiusa dentro!"

Riprovai, ma nessuno rispose.

L'ambulanza partì ed io incespicai, finché non mi aggrappai al muro per mantenere l'equilibrio. Ero senza telefono e Jaxson non era in gran forma quando ero entrata stupidamente nell'ambulanza. Non era un paramedico, ma come aveva fatto ad ingannare gli altri, a meno che nessuno di loro fosse un paramedico?

Jaxson non aveva detto che l'ospedale era a due ore da qui?

Non potevo preoccuparmi di Jaxson adesso. Speravo che Lincoln lo avrebbe trovato.

Dovevo scappare.

La porta non si sarebbe aperta dall'interno. Aprii uno degli armadi. C'erano tre mensole vuote, ma nell'ultimo scomparto vidi un borsone nero.

Mi abbassai per raggiungerlo, lo aprii e al suo interno trovai attrezzature mediche, niente che mi tornasse utile: garze, bende e nastro. Erano gli stessi strumenti che aveva usato con me per passare come paramedico senza esserlo veramente.

Andai dall'altra parte dell'ambulanza, cercando nell'altro armadio. Trovai varie fialette, non etichettate, ma nessuna siringa in vista.

"Droga?"

Cosa ci facevano con quelle? Buttai le fialette per terra. Non potevo rischiare che le usassero su di me.

L'ambulanza accelerò mentre scendevamo dalla montagna, superando il paese.

Anche se non potevo vedere fuori dal finestrino, con la discesa, la velocità e il peso dell'ambulanza, potevo sentire lo stridio dei freni ad ogni curva.

Picchiai i pugni sul vetro che mi separava dal conducente.

Mi ignorò. Sedeva da solo alla guida.

Almeno avrei avuto una sola persona da affrontare quando avrebbe aperto la porta. Non poteva lasciarmi lì dentro per sempre.

"Che cosa vuoi?" urlai. Le mie mani chiuse in pugni continuarono a colpire il vetro. "Lasciami andare!"

Il vetro era spesso e scuro, e aveva uno strato appiccicoso introno ai bordi. La finestra doveva aprirsi scivolando dall'alto, ma qualcuno si era accertato che non si potesse più fare.

"Cazzo!" Che fosse coinvolto con l'incendio della mia baita? Probabile.

"Chi sei?"

Parecchie macchine erano ferme in mezzo alla strada, bloccando il traffico.

"Ma che diamine," brontolò.

Riuscii a sentire la sua voce anche se attutita, quindi lui poteva sentire la mia.

Frenò bruscamente, lanciando il mio corpo contro la parete dalla parte opposta dell'ambulanza, schiantandomi contro il muro, la barella mi colpì alle ginocchia.

Feci una smorfia per trattenere un lamento dolorante, non volevo che si facesse strane idee.

Le gomme stridettero al riaccendersi del motore.

Un sedile era posizionato accanto al finestrino, mi sedetti sulle ginocchia, girata verso il fronte dell'ambulanza, abbassata abbastanza da poter guardare fuori dalla finestra.

C'erano parecchie macchine bloccate davanti al passo. C'era stato un incidente?

Dall'apertura, vidi un furgone familiare. Il mio cuore sfarfallò nel petto.

Jaxson era lì?

No, stavo impazzendo.

Era in cima alla montagna a casa, incosciente sulla neve davanti ai resti in fiamme della mia baita. Più di una persona avevano quel tipo di macchina.

Vedevo delle figure fuori dai veicoli, sul ciglio della strada, ma non riconobbi nessun viso. Il vetro era troppo sporco e distorto.

"Aiuto!" gridai. Mi potevano sentire?

Accelerò violentemente e l'ambulanza scattò in avanti, diretta alla moltitudine di macchine di fronte a noi.

"Merda," strinsi il sedile e presi la cintura di sicurezza per allacciarla ma era stata tagliata in due. Era inutile.

Il conducente si rifiutò di rallentare mentre il veicolo correva sulla strada di montagna, scontrandosi con furgoni, SUV e volanti della polizia che si trovavano in mezzo alla strada.

Mi attaccai al sedile, l'impatto mi sbalzò dalla sedia al pavimento. "Aiuto!" gridai.

Da fuori potevano sentirmi?

Il clangore del metallo seppellì le loro voci.

La mia testa pulsò e il motore dell'ambulanza ruggì. Il retro del veicolo slittò su quello che pensai essere ghiaccio e neve.

La macchina girò e si catapultò giù da un dirupo, sbattendomi nel retro dell'ambulanza finché non sopraggiunse l'oscurità

———

Ogni parte di me, dentro e fuori, bruciava come fuoco versato sulla mia pelle.

Grugnii e i miei occhi si aprirono, la luce obbligò il dolore pulsante nella mia testa ad intensificarsi, scaldandomi con quello che pensai fosse il calore del sole.

"Sembra essersi svegliata," disse una voce rude.

Mi ci vollero tutte le mie forze per concentrarmi, per rimanere sveglia e vigile.

Le mie dita sfiorarono la superficie fredda dove ero sdraiata.

Non era un letto.

Non c'erano suoni di macchine o segnali che fossi stata trasportata in ospedale. L'ultimo ricordo che avevo era dell'incidente, il che significava che non ero ancora riuscita a scappare.

Espirai e feci una smorfia.

Respirare mi faceva male. Non era un buon segno.

Mi girai sul pavimento duro e mi sforzai di sedermi, la schiena appoggiata ad una fredda parete di cemento.

La luce che mi aveva scaldato prima era una singola lampadina in una stanza buia.

Ero in un seminterrato?

Non c'era traccia dell'ambulanza o della foresta.

La stanza odorava di vecchio, muffa e mi pizzicò il naso. Arricciai il naso per non starnutire, guardando la lampadina.

Due uomini con lunghe barbe sedevano su degli sgabelli al buio, coltelli in mano, fissandomi.

Mossi le dita sul pavimento in pietra. Ero ferita ma potevo muovermi. Le dita delle mani e dei piedi di mossero. Non mi avevano immobilizzata. Non c'erano corde che mi tenevano legata.

"Cosa volete?" chiesi, la mia voce rosa, la mia bocca secca.

Un uomo usò il suo coltello per appuntire un bastoncino, la punta affilata.

Voleva usarlo su di me?

Mi morsi la lingua, il dolore intenso mi aiutò a scacciare la nebbia sconnessa che circondava la mia testa. Se non fosse stato per l'incidente, avrei pensato di essere stata drogata. Era possibile che fossero successe entrambe le cose?

Il secondo uomo si puntellò le unghie con la punta del coltello, e lo usò poi per pulirsi i denti. Con gli occhi stretti si alzò e torreggiò sopra di me. "A quanto pare c'è una taglia sulla tua testa. Vogliamo solo la ricompensa. Stai seduta."

Era l'ultima cosa che volevo fare, sedermi e aspettare di morire.

Cos'era successo a Jaxson? Stava bene?

Non volevo che questi due uomini sapessero che lui significava qualcosa per me, o lo avrebbero usato a mio svantaggio.

"Quando valgo?" Se erano alla ricerca dei soldi, potevo convincerli che ne avessi parecchi in conti esteri. Dovevano solo lasciarmi in vita.

Sapevano chi fossi, che cosa aveva fatto il mio ex marito, o la taglia era per il mio lavoro con l'agenzia?

Il più giovane dei due uomini, quello con il bastone appuntito e affilato, prese il telefono.

"Il compratore dice che vale lo stesso, viva o morta."

"Meglio per noi." commentò il secondo uomo, gli occhi illuminati alla prospettiva di uccidermi.

"Qualunque cifra è disposto a darvi, io posso darvi il doppio!" Avrebbero capito il mio bluff?

L'uomo in piedi davanti a me inclinò la testa e si abbassò, coltello in mano. La lama mi graffiò la guancia. Il suo alito fetido odorava di caffè.

"Sì, ma a me piace ascoltare le urla di una donna indifesa che viene pugnalata. Che divertimento c'è se ti lascio vivere e basta? Così, avrò i soldi e il divertimento."

Mi fece l'occhiolino.

Mi sporsi in avanti, scossa da un conato.

Le sue dita afferrarono i miei capelli, tirandoli per farmi alzare in piedi. Così facendo il dolore pulsante alla mia testa si intensificò.

Mi presi la fronte con una mano e posai l'altra sul muro dietro di me per mantenere l'equilibrio. "Lasciami andare." Non sarei rimasta indifesa.

Gli sferrai un calcio all'inguine. Lui era veloce, la lama del coltello premuta contro il mio collo, il mio corpo teso contro la parete di cemento freddo.

"Sicura di volerlo fare? " chiese, avvicinandosi, il suo fiato orrendo sulle mie guance.

Mi si rizzarono i peli sulle braccia e un brivido mi percorse la schiena.

Avevo fatto molta pratica all'agenzia con un coltello finto, ma sotto pressione, era tutto diverso.

Lotta o fuggi.

Io mi bloccai.

CAPITOLO VENTIDUE

JAXSON

Il suo urlo lontano mi riportò alla concentrazione. Alzai la mano guantata, afferrando la maschera attorno al mio viso per tirarla via.

"Devi stenderti," disse il paramedico sopra di me.

"Al diavolo," tossii mentre lo spingevo via e mi alzai, guardando l'ambulanza sfrecciare sulla strada ghiacciata e sparire sulla montagna.

"Tu non sei... dove la state portando?" Presi diversi respiri profondi, dal naso e dalla bocca.

Mi sentivo già meglio, più attento, meno confuso.

Qualsiasi cosa ci fosse in quella bombola, non era ossigeno. Avevano cercato di drogarmi.

Due pompieri stavano spegnendo i pezzi rimasti della baita, impedendogli di infiammarsi di nuovo. Stavano parlando tra di loro; non riuscivo a sentire cosa dicessero, sopra il rumore dell'acqua della pompa.

Il paramedico doveva sapere qualcosa. Doveva essere coinvolto. Non sembrava minimamente stressato o sorpreso che il suo veicolo fosse appena stato rubato con dentro una donna che gridava aiuto.

Colpii la sua faccia con un pugno, spingendolo a terra e bloccandolo, tenendo le sue mani lontane dalla borsa medica a pochi metri da lui. Non sapevo cosa ci fosse dentro, una pistola o un sedativo, ma non avrei lasciato che la toccasse.

Un altro pompiere arrivò alle spalle del paramedico con una torcia. Accese la luce, che costrinse il paramedico a coprirsi gli occhi, accecandolo mentre io le tenevo bloccato sulla neve.

"Levati di dosso!", strillò il paramedico. "Sei pazzo."

"Non hai ancora visto niente," sputai.

"Cosa diavolo sta succedendo?" chiese il pompiere. "Lei non è del pronto soccorso locale. Tutto bene signore?" Tenne la luce sul paramedico ma la sua attenzione era su di me.

Mi lanciò delle fascette di plastica dalla sua tasca. Aveva capito anche lui che qualcosa non andava.

C'era una sola ambulanza a Breckenridge. La famiglia Adams gestiva il pronto soccorso, ed essendo membro della Eagle Tactical, conoscevo tutti gli Adams.

"Starò bene." Girai l'uomo sullo stomaco e gli legai le mani prima di alzarmi. "Cosa volete da Ariella?"

Lo girai bruscamente, mettendolo a sedere sulla neve fredda.

"C'è una taglia sulla sua testa. Lei è il mio stipendio."

Quante persone le davano la caccia.

Presi il telefono dalla tasca, chiamai Lincoln e il resto della squadra. Li collegai tutti in chiamata.

"Hey, che succede?" chiese Lincoln.

Lo avevo lasciato a casa mia, poco lontano, e non sapeva cos'era appena successo.

"Già, dove sei?" chiese Mason.

"La casa di Ariella è andata a fuoco. Siamo rimasti bloccati nel fumo e qualcuno si è finto un paramedico per metterla sull'ambulanza e portarla oltre il passo," dissi. Scesi nei dettagli, chiedendogli poi di chiamare lo sceriffo di Breckenridge e di bloccare la strada.

"Subito," rispose Declan.

"Ho anche bisogno di un'unità dello sceriffo alla baita, quella che ha comprato Ariella. Un tipo travestito da paramedico è legato."

Non avevo manette con me, e anche se avessi potuto tranquillamente portare il suo culo alla centrale, dovevo trovare Ariella e proteggerla.

"Lo vuoi interrogare?" Chiese Lincoln-

Volevo legarlo e interrogarlo, puntargli la pistola contro la pelle. Ma per quello serviva tempo e io non ne avevo molto al momento.

"Lo lascerò fare allo sceriffo." C'erano troppi testimoni con i vigili del fuoco a pochi metri.

Il tipo di interrogatorio che volevo fare sarebbe stato non ufficiale e decisamente illegale.

————

Corsi tra gli alberi e attraversai il ponte, arrivando a casa. Il fumo era diminuito. Lincoln si avvicinò alla macchina. "Guido io", disse.

Feci partire il motore col telecomando e mi misi al posto del passeggero.

Lincoln non perse tempo, prendendo il posto di guida. Nel momento in cui chiuse la porta, la macchina era già in retromarcia e ci stava portando lontano dalla casa.

Allacciai la cintura mentre Lincoln oltrepassò il passo, la strada era scivolosa dal ghiaccio e la neve. Mi si annodò lo stomaco al pensiero del pericolo davanti a noi.

"Arriveremo da lei in tempo, non preoccuparti." Le mani di Lincoln erano strette sul volante.

Il mio piede picchiettava sul tappetino, l'ansia che mi assalì rese il viaggio ancora più lungo.

"Izzie e Skylar stanno bene?" Non mi ero dimenticato di loro a casa.

"Stanno bene. Izzie dormiva e Skylar stava leggendo un libro quando me ne sono andato."

"Okay." Lasciai andare un respiro nervoso che non mi accorsi di aver trattenuto.

Lincoln volo attraverso il passo, prendendo i tornanti come un professionista. Rallentò quando ci avvicinammo. Veicoli erano ammassati ai lati della strada, l'ambulanza aveva già lasciato segni del suo passaggio.

"Guarda!" Lincoln indicò la scia di pneumatici sulla strada e l'ambulanza sul fondo del precipizio. Accostò e frenò.

Spalancai la porta del furgone e corsi giù per la gola, i miei stivali scivolavano sul fianco della montagna. Non mi importava di cadere, dovevo trovarla.

Mason e Aiden erano già accanto all'ambulanza con lo sceriffo e altre persone, parlavano.

"Ariella!"

Mason mi vide per primo e scosse la testa.

Il mio cuore si fermò.

Non sapevo se volesse dirmi che lei non era lì, o peggio, che non ce l'avessse fatta; mi rifiutai di accettare che fosse morta. Non c'era nessun corpo. A meno che non fosse sul retro dell'ambulanza?

"Dov'è?" urlai scendendo, i miei piedi scivolarono ma mantenni l'equilibrio.

Mi raddrizzai stendendo le braccia prima di correre verso i miei compagni.

"Non è qui," disse Mason, gli occhi pieni di dolore. Non voleva darmi brutte notizie, ma qualcuno doveva dirmi cos'era successo.

Non era una risposta sufficiente per me. Volevo di più. "Dov'è lei?"

Lincoln arrivò alle mie spalle, mi aveva seguito giù per la gola. Sporse la testa per guardare verso l'ambulanza, esaminando la scena ed eventuali prove.

Espirai profondamente, il cuore a mille. "Qualche pista?" Non avrei abbandonato Ariella. Aveva bisogno di me, ora più che mai.

"Declan è tornato alla Eagle Tactical, a fare sorveglianza e a scandagliare il dark web cercando delle piste. Anche se è riuscito a togliere l'ultima taglia dalla rete, è chiaro che qualcuno l'abbia vista e abbia preso in mano la situazione quando le informazioni erano ancora fresche," disse Mason.

Lincoln mise le mani nelle tasche della giacca. "Non c'è molto da considerare oltre che l'ambulanza non è stata usata per scopi medici. L'attrezzatura è scarsa, il che significa che non c'era molto che avrebbe potuto usare come arma."

"È sveglia."

Aveva lavorato per la C.I.A., e sapevo che avrebbe fatto tutto il possibile per restare in vita.

Doveva solo rimanere viva finché non l'avessimo trovata.

Misi le mani nel cappotto, tenni la testa bassa, esaminando i rami spezzati e delle impronte che sembravano appartenere ad un 40 maschile, lontane dal gruppo.

Seguii la scia, senza sapere cosa aspettarmi. "Guardate, delle impronte."

Le impronte affondavano nel terreno, probabili prove che era stata portata perché incapace di camminare. Non sembrava ci fossero altre impronte che tornavano indietro, il che voleva dire che non si trattava dello sceriffo o di un membro del gruppo di ricerca.

"Il passo è a sud rispetto a qui. Potrebbero aver percorso la strada fino ad un altro punto per farsi venire a prendere. Non credo che abbiano pianificato di tenere l'ambulanza senza essere visti." disse Mason.

"Forse, ma il sud è da quella parte." Indicai la direzione e continuai a seguire le impronte verso ovest. "Non sono andati sulla strada. È possibile che si siano confusi."

Con un po' di fortuna, erano ancora nella foresta. Alzai la mano, facendo segno di aspettare.

Mi abbassai ed esaminai le gocce di sangue fresco sulla neve. "Era qui."

Non ero mai stata così sicuro di niente in vita mia.

Corsi, seguendo la scia di impronte e gocce di sangue, difficili da vedere con rami e terra ovunque.

Lincoln, Mason e Aiden mi seguirono a ruota mentre percorrevamo la foresta, assicurandoci di non essere stati ingannati dal diversivo delle impronte. Non sembrò essere il caso.

Volevo chiamarla, ma se eravamo vicini e lei era con l'aggressore, non volevo mettere ulteriormente in pericolo la sua vita.

In lontananza, uno chalet si ergeva tra gli alberi, quattro SUV sul vialetto. "Avete per caso una pistola?" Non volevo entrare in inferiorità numerica e disarmati.

"Se siamo venuti armati?" ridacchiò Lincoln sottovoce.

Alzò la maglietta, mostrandomi la pistola. Mise la mano sulla sua cavigliera, prendendo la sua arma di riserva e dandola a me. "A quanto pare ti ho salvato il culo di nuovo, Monroe."

"Proprio come ai vecchi tempi," scherzai. "quando credi di salvarmi, in realtà, sono io che salvo te."

Con la pistola in pugno, si nascose dietro gli alberi mentre ci avvicinammo alla casa. "Continua a pensarlo," disse Lincoln.

Aiden si abbassò, prendendo un coltello a scatto dalla tasca. "Taglio loro le gomme così che non possano scappare."

"Bella trovata." Non volevamo che portassero Ariella via dalla proprietà. Feci gesto di separarci. Dovevamo circondare la casa, capire cosa ci aspettasse dentro.

La porta del SUV sbatté. Mi nascosi dietro un albero, facendo del mio meglio per nascondermi.

Quando mi ero svegliato quella mattina, non pensavo che la mia giornata sarebbe finita così. Avrei scommesso che Ariella pensasse lo stesso.

Respiri lenti e uniformi. Il freddo risucchiò l'aria dai miei polmoni, bruciava, ma ignorai il dolore al petto.

Le nostre impronte erano fresche, ma quello non mi preoccupava quanto il rumore dei rami che si spezzavano sotto i nostri stivali. I miei piedi scesero lenti e cauti mentre mi spostavo da un albero all'altro per usarli come una minima protezione.

Aiden doveva fare attenzione agli uomini vicini ai SUV.

Trattenni il fiato.

Squarciò una ruota prima di avvicinarsi all'altro veicolo e colpirne un'altra.

Gli uomini erano fuori a parlare, ignari di quello che succedeva accanto a loro. Era un bene. Significava che erano distratti.

Dovevamo solo trovare il modo di tenerli lontani mentre trovavamo e mettevamo in salvo Ariella.

Feci un altro passo avanti, avvicinandomi alla baita. Mi abbassai accanto ad una finestra e guardai dentro, attento a non farmi vedere. Sentii delle voci rudi, ma nessuno era rivolto alla finestra.

Un forte, agghiacciante urlo femminile rieccheggiò per tutta la casa.

Non aspettai oltre; corsi verso l'entrata più vicina e feci irruzione dalla porta sul retro, pistola in pugno con Lincoln e Mason alle mie spalle.

Avevano sentito il suo grido di aiuto anche loro.

CAPITOLO VENTITRÉ

La paura scosse le profondità del mio essere.

Tremai sotto la lama del suo coltello. Il bastardo dall'alito putrido sorrise e graffiò il mio collo, ricordandomi che era lui a comandare.

Potevo farcela.

Dovevo farcela. Cercai di convincermi, le mani strette a pugno lungo i fianchi, prendendo forza.

Gli pestai un piede, i suoi stivali erano leggeri, poi lo colpii col ginocchio nell'inguine.

Si piegò in avanti dolorante, tenendosi i genitali, quando il coltello cadde per terra. Sollevai un ginocchio e lo colpii ancora, stavolta in faccia, prima di sbatterlo contro il muro.

Cadde come un peso morto.

Mi abbassai e gli presi il coltello. Il manico tremò tra le mie dita. Era la mia unica arma di difesa per uscire dalla cella.

"Bel colpo. Sai, se lo uccidi, ci saranno più soldi per me," disse il secondo uomo, rimasto sullo sgabello ad appuntire il suo bastone. Si alzò, il legno in mano.

Scavalcai l'altro imbecille, tenendo la schiena al muro per proteggermi.

Non c'erano finestre nel seminterrato. Il piccolo spazio si chiuse su di me come una bara.

Le mie dita sfiorarono il cemento, ricordandomi che ero ferma. La vertigine era solo nella mia testa.

La stanza era opprimente e mentre sentii delle portiere chiudersi, il sudore iniziò ad imperlarmi la fronte.

"Lasciami andare," dissi, con quanta più convinzione possibile. "Ti ho detto che ho i soldi. Posso darti più di quanto ti abbiano offerto per uccidermi."

Avrei mentito mille volte per salvarmi la vita. Ci avrebbe creduto?

"Al contrario di Carter, non voglio ucciderti. Io preferisco giocare con la mercanzia." Sogghignò e si slacciò la cintura.

Spalancai gli occhi e il mio stomaco si rivoltò. Strinsi il manico del coltello finché le mie nocche si fecero bianche.

"Vieni qui, ragazzina," disse, venendo verso di me.

Urlai con tutte le mie forze. I miei polmoni bruciavano di dolore. Avrei perso la voce l'indomani, ma non mi interessava, se avesse significato che avrei vissuto un altro giorno.

Urlai ancora, sperando di condurre gli uomini fuori allo scantinato. Mi volevano morta, e anche se non volevo finire sottoterra, non volevo neanche essere violentata da un pazzo affamato di soldi.

Guardai il muro, senza trovare niente, l'unica arma a mia disposizione era una lama corta, il che significava dovermi avvicinare al suo bastone.

"Possiamo fare un gioco," sussurrò lui. Mi afferrò il braccio e lo fermò sopra la mia testa, facendo cadere il coltello. Almeno non aveva con sé il bastone.

Ci volle tutto il mio coraggio per pronunciare le parole che lui voleva sentire. Potevo convincerlo a lasciarmi andare? "Mi piacciono i giochi," dissi e deglutii il groppo nella mia gola.

La sua mano decrepita mi accarezzò il viso e io girai la testa, rifiutandomi di guardarlo.

Mi afferrò il mento e mi obbligò a volgere lo sguardo a lui. "Non sembra che questo gioco ti piaccia granché," disse.

Si avvicinò a me, il suo corpo a pochi centimetri dal mio.

La stanza girò.

Avevano alzato il termostato? Il sudore mi bagnava la pelle e mi si attorcigliò lo stomaco.

Gli pestai il piede ma i suoi stivali avevano la punta di ferro, che lo protessero e mi fecero male ai piedi.

Feci una smorfia ma non gli lasciai vedere il mio disagio o la mia sorpresa per il colpo mancato.

La mano che prima mi teneva il mento, si abbassò sul ginocchio. "Non pensare neanche di combattere, ragazzina. Sai che lo vuoi." Si avvicinò a me.

"Non potrei mai volere un uomo come te!" Gli sputai in faccia e cercai di sfuggire alla sua presa.

Il coltello era sul pavimento, fuori dalla mia presa con le mani bloccate sopra la testa.

Mi teneva in trappola, e anche se cercai di usare la forza di tutto il mio corpo per lottare, lui era più alto di me, massiccio, e mi teneva ferma.

"Mi piacciono le ragazze che si ribellano," disse ridacchiando.

L'uomo che mi aveva attaccata prima e che era steso per terra si risvegliò.

Mi afferrò le gambe, impedendomi di calciarli di nuovo.

Urlai di nuovo e il bastardo che mi teneva contro il muro mi mise la mano sulla bocca.

Gli morsi le dita, non avevo nessuna intenzione di cedere alle sue richieste e pulsioni.

"Stronza!", ringhiò e tirò indietro la mano, colpendomi sul viso. "Ora ti faccio vedere," disse, slacciandosi i pantaloni.

Passi pesanti risuonarono contro il soffitto dello scantinato. "Aiuto!", gridai, dimenandomi e cercando di liberarmi dai due uomini.

"Ariella!" La voce di Jaxson era come musica per le mie orecchie, la melodia più dolce che avessi mai sentito in vita mia.

I suoi stivali sbatterono sui gradini. Lui e i suoi compagni entrarono nello scantinato per aiutarlo.

"Ma che diavolo?!"

L'uomo si girò, i pantaloni alle caviglie.

L'uomo sul pavimento lasciò andare le mie gambe e prese il coltello per difendersi.

"Ti ammazzo!" gridò Jaxson, tirando un pugno in faccia all'uomo con le dita insanguinate. Non mi ero accorta di quanto fosse profondo il mio morso. Vedere il sangue mi diede la nausea.

Lincoln e Mason scesero gli scalini con Jaxson, disarmando gli uomini e facendogli perdere conoscenza.

Mi gettai tra le braccia di Jaxson.

Lincoln prese delle fascette di plastica e legò i polsi degli aggressori, assicurandosi che non fossero più una minaccia.

Avvolta tra le braccia calde e forti di Jaxson mi rilassai. Posai la guancia sul suo petto e chiusi gli occhi, inspirando la sua forza.

Lincoln si schiarì la gola. "Scusate se rovino il momento, ma ci sono ancora dei tipi là fuori con Aiden. Dobbiamo andarcene, adesso."

Lincoln salì per primo, pistola in mano.

"Sta' dietro di me," disse Jaxson, conducendomi su per le scale. Come la sua ombra, mi aggrappai a lui.

Gli uomini si scambiarono segnali. Lui annuì, dicendomi di seguirlo.

Ogni loro passo era silenzioso, come se non fossero lì.

Urla eruppero dallo scantinato. I due uomini al piano di sotto si erano svegliati.

"Dobbiamo muoverci, subito!" Jaxson mi prese la mano e mi tirò, facendomi correre con lui mentre uscimmo dalla porta sul retro nella foresta.

"Dov'è il tuo furgone?" Avevo sentito delle portiere, poco prima che Jaxson scendesse a salvarmi.

Continuammo a correre nella foresta senza fine. Guardai alle mie spalle. Uomini in completi neri con pistole alla mano ci stavano seguendo.

"Troppo lontano." La sua mano strinse la mia.

Mi trascinò nella foresta.

Non ero fuori forma. Di solito, potevo correre diverse miglia senza fatica, ma ero stata aggredita due volte oggi ed ero sopravvissuta ad un incidente in ambulanza.

Non era la mia giornata migliore.

Mi strinse contro un albero, il suo corpo contro il mio, proteggendomi.

Proiettili sibilarono vicino alle nostre teste. Mi bloccai, terrorizzata. Il rumore di uno sparo rimbombò nel mio corpo, scatenando l'adrenalina.

Tremai ma trovai conforto nel calore del corpo di Jaxson che schiacciava il mio contro il tronco.

Il suo abbraccio era fermo, protettivo e caldo. Il suo tocco era dolce ma la sua attenzione era completamente sulla mia incolumità.

Lincoln trovò un albero per coprirsi.

Mason fece lo stesso.

"Non possiamo continuare a correre," disse Jaxson. Non stava parlando con me.

Lincoln, Mason e Jaxson iniziarono a sparare agli uomini vestiti di nero.

"Chi sono?" Non sembravano della C.I.A. e non erano gli stessi bastardi che mi avevano attaccato al resort o che avevano dato fuoco alla casa e rapito per denaro.

"Cacciatori di taglie," disse Jaxson.

Le mie mani lo avvicinarono a me, intimandolo a fare tutto il necessario per salvarmi. Non stava scherzando.

Quegli uomini erano lì per uccidere.

"Da quando i cacciatori di taglie indossano dei completi?"

Cercai di fare una battuta. Forse era il momento sbagliato, lui premette contro il mio corpo, la sua faccia sulla mia, coprendoci dai proiettili che pioveva accanto a lui.

La sua fronte era posata sulla mia. Le mie dita strinsero la sua giacca. Rabbrividii, il cappotto che lui mi aveva prestato ormai era perso.

"Merda, tu stai congelando." Jaxson cercò di farsi più piccolo possibile, senza stendere le sue braccia oltre il limite dell'albero.

Si tolse il cappotto e me lo mise sulle spalle. "Serve più a te che a me." I suoi occhi brillarono di quel fascino che solo Jaxson possedeva.

Era un eroe nel vero senso della parola.

"Avrai freddo," dissi, cercando di ragionare con lui sul perché non dovessi prendere il suo cappotto dato che avevo già preso possesso della sua ultima giacca, e che non era andata molto bene per i suoi vestiti.

Lincoln e Mason spararono. Il suono degli spari su di noi sembrò diminuire. Erano morti, feriti o senza munizioni.

"Starò bene," sbuffò. "Adesso stai qui. Non ti muovere." Jaxson alzò la pistola, sparando altri colpi prima che calasse il silenzio.

Era finita?

Tremai contro il tronco dell'albero, più calda di prima, mentre infilai le braccia nel cappotto di Jaxson ma ancora senza riuscire a muovermi, troppo spaventata che gli uomini si stessero fingendo morti.

E se stessero aspettando che ci muovessimo, per uscire allo scoperto e spararmi?

"Via libera!", urlò Aiden, da dove i proiettili avevano iniziato a volare poco prima.

"Non muoverti", mi initmò Jaxson.

Annuii in silenzio. Ce l'avevo fatta a restare immobile. Ero brava in quello, specialmente ora che il mio corpo non cooperava. Anche se avessi voluto camminare, non credo ne sarei stata capace.

Il tronco dell'albero mi sostenne. Il mio peso appoggiato completamente u di esso. Lasciai che le mie dita sfiorassero il legno, memorizzando ogni dettaglio, la sensazione contro i polpastrelli, tutto pur di togliermi dalla mente quello che era appena successo.

Jaxson sporse la testa, le sue mani sui miei fianchi mentre Mason, Lincoln e Aiden camminavano nella foresta fino alla baita da dove erano partiti gli spari.

"Tutto libero," disse Mason.

Jaxson non lasciò la presa su di me e non si spostò come pensavo avrebbe fatto. Mi strinse, mi protese. Era preoccupato che non fosse finita? Pensava che non fossi in grado di badare a me stessa?

La sua mascella era stretta, squadrata, contratta. "Abbiamo lasciato quei due malviventi legati. Non ci vorrà molto prima che cerchino di vendicarsi. Tipi come quelli non amano perdere."

"Bene," mormorai.

"Hanno avuto la loro vendetta e anche il resto. Hanno bisogno di un sacco per cadaveri," disse Aiden, indicando i due uomini stesi in una pozza del loro sangue sulla neve.

Rabbrividii.

"È finita", disse Jaxson. Le sue spalle si rilassarono. La tensione scivolò via.

Il calore del sole scomparve mentre tramontava. Io non ero tranquilla. "Lo è davvero?" sussurrai.

Gli uomini del resort, i due criminali che mi avevano aggredita a inizio giornata, si aspettavano quattro milioni di dollari e io non avevo un centesimo.

————

Jaxson continuò a stringermi. La sua mano unita alla mia. Aspettammo davanti alla baita, quella in cui ero stata trascinata e quasi violentata, che la polizia arrivasse.

Non ero entusiasta all'idea di dare la mia deposizione. Non volevo rivivere nuovamente il trauma.

Volevo solo andare a casa a farmi un bagno caldo.

Solo che non avevo più una vasca. Diamine, non avevo più una casa.

La polizia finalmente arrivò, con tutta calma. I ragazzi della Eagle Tactical dovettero rispondere alle domande sul loro incidente, e lo stesso dovetti fare anche io.

Non mi piaceva essere separata da loro, soprattutto da Jaxson., ma eravamo all'aperto e a pochi metri di distanza. Potevo vederlo, ma non essere al sicuro tra le sue calde braccia rendeva tutto difficile.

Appena finimmo con le deposizioni, Declan arrivò col suo furgone, offrendoci un passaggio.

Mi sedetti dietro, stretta tra Lincoln e Jaxson.

Aiden si sedette davanti.

Mason si schiarì la gola.

"Scusa amico, non c'è più posto," scherzò Lincoln con Mason.

"Pare che Mason dovrà sedersi in braccio a Jaxson," ridacchiò Aiden.

Jaxson alzò gli occhi al cielo.

"Sbuffi perché sai che ho ragione," disse Aiden.

Lo sguardo di Jaxson incontrò il mio. "Dovrai sederti in braccio a me per il viaggio fino alla Eagle Tactical."

"Okay," risposi un po' troppo in fretta. Non lo notarono. Jaxson non si mosse dalla sua posizione e io mi misi in braccio a lui.

Lincoln scalò facendo posto a Mason. Fece il giro del furgone e Declan partì, con la portiera aperta, prendendolo in giro.

"Non fare lo stronzo!" Mason inseguì il furgone prima che Declan rallentasse, facendo salire Mason sulla macchina mentre si stava ancora muovendo. Anche se non stava andando veloce, non riuscii a trattenere un sorrisino. Se lo meritava, giusto un po'.

Mason saltò su e chiuse la porta.

"Ci siamo tutti?" Declan guardò nello specchietto retrovisore, facendo una conta veloce prima di premere sull'acceleratore e partire.

Il sedile posteriore era un po' troppo comodo. Mi mossi sul grembo di Jaxson, le guance in fiamme per il caldo o per la vicinanza a lui.

Tutti gli uomini della Eagle Tactical erano un piacere per gli occhi. Essere stipata nel sedile posteriore in braccio a Jaxson e schiacciata contro Lincoln, non era così male. Anche Mason iniziava a piacermi. Mi aveva salvato la vita, anche se ero stata una stronza con lui. Che fosse ben meritato era ancora da vedere.

"Grazie, ragazzi," mormorai, le mani che tremavano.

Le braccia calde e forti di Jaxson si strinsero alla mia vita, le dita sui miei fianchi. Ogni parte mi bruciava come se avesse preso fuoco, ma il mio cuore soffriva, dilaniato dal dubbio. Se n'era andato dopo una notte insieme senza neanche una parola. Potevo perdonargli quella trasgressione?

Avrei dovuto perdonarlo?

Mi aveva salvato la vita. Dovevo a lui la mia vita, ma gli dovevo anche il mio cuore?

"Una normale giornata di lavoro," disse Mason. Mi sorrise lievemente. Non mi odiava più? Doveva essere una buona notizia, soprattutto se avessi ricominciato a vedere Jaxson.

Confusa era l'eufemismo del secolo. Tutto di Jaxson era perfetto, ma io ero un disastro. Lui meritava di meglio, qualcuno che lo rendesse felice.

Aveva una figlia, e poi c'era Emma.

I ragazzi risero e scherzarono per il resto del viaggio verso la Eagle Tactical. Io rimasi in silenzio, persa nei miei pensieri e nel momento tra me e Jaxson. Il suo corpo era caldo, comodo, il suo braccio ancora più magico.

Mugugnai, triste che fossimo già arrivati e che dovetti scendere dal furgone. Pensai che non mi avesse sentita nessuno, ma Jaxson alzò un sopracciglio, interrogativo.

Chiusi la bocca e distolsi lo sguardo, umiliata.

I ragazzi scesero dal furgone.

"Mi serve un passaggio alla macchina," disse Lincoln.

"Ariella e io abbiamo bisogno di uno strappo a casa mia," disse Jaxson, stabilendo che io sarei stata con lui.

Non sapevo dove sarei andata o cosa sarebbe successo dopo. Non avevo una casa. Era andato tutto a fuoco nel disastro. Avevo ancora appuntamento con i due farabutti che volevano quattro milioni di dollari e a cui avevo dato buca e un cellulare che era andato in pezzi nello scontro al resort.

La mia vita era un disastro.

"Lincoln, ti do un passaggio se mi offri la cena," scherzò Aiden.

"Va bene. Mai un momento di pace o un giorno libero," disse Lincoln.

Declan si affettò da me e Jaxson. Mise una mano nella tasca del cappotto e tirò fuori un telefono. "Un piccolo regalo. Puoi ringraziare Jaxson più tardi," disse Declan strizzandomi l'occhio.

Mi diede il telefono. La mia bocca si spalancò.

"Ma cosa - non capisco," dissi. Le mi dita sfiorarono lo schermo di vetro. Sembrava nuovo di pacca. Non c'erano graffi o imperfezioni, era in condizioni ottime. Era meglio del mio telefono a conchiglia.

"Quando mi hai detto che il tuo telefono era stato distrutto, gli ho scritto e gli ho chiesto di procurartene un altro. Ha fatto in modo che nessuno possa monitorare i tuoi spostamenti. Tranne noi," disse Jaxson ridendo.

Non sapevo se stesse scherzando o no, ma non mi importava. "Grazie," dissi ai due uomini. Mi avevano salvato la vita. Se volevano impiantare un GPS su di me o nel mio telefono, ero nelle loro mani. Ero in debito con loro.

Declan indicò il telefono. "Lo abbiamo collegato al tuo piano tariffario. È già attivo e chiunque volesse contattarti può farlo."

Mason venne verso di noi. "Vi serve ancora un passaggio?"

Jaxson mi strinse ancora di più a sé. Il vento soffiava forte, pungendomi le guance, ma la sua presenza mi scaldava. "Sì, ci servirebbe un passaggio a casa mia."

Spostai il mio peso da un piede all'altro e seppellii le mani nelle tasche. Il profumo di Jaxson mi circondò, soprattutto sul suo capotto. Doveva avere molto freddo, ma lo nascondeva bene. Faceva sempre finta di essere un vero duro?

"Venite con me," disse Mason, accompagnandoci al suo furgone.

Jaxson mi prese il braccio, incrociandolo al suo mentre camminava con me verso la macchina di Mason e mi aprì la portiera.

Mi misi sul sedile posteriore, la pelle fredda sul mio fondoschiena mi causò un brivido. Non avevo un posto in cui tornare, ma se Jaxson avesse insistito perché tornassi con lui, non avrei detto di no.

Non volevo stare da sola. Non finché non avrei saputo di essere fuori pericolo.

Jaxson chiuse la porta per me e si sedette davanti. Mason accese il motore e uscimmo dal campeggio.

"Lascia Ariella a casa mia, poi voglio fare una fermata, solo noi due," disse Jaxson.

Cosa volevano fare dopo avermi lasciata? Mi rilassai nel sedile posteriore, guardando fuori dal finestrino mentre raggiungevamo il passo. Presi il mio nuovo telefono dalla tasca, il mio dito scorreva i contenuti che

Declan era riuscito a recuperare dal cloud, tra cui i miei contatti.

Avevo parecchie chiamate perse e qualche messaggio da Emma che chiedeva dove fossi e se stessi bene. L'avrei richiamata più tardi, quando avrei avuto qualche minuto da sola.

Controllai i messaggi, il mio stomaco in subbuglio quando sentii il mio capo, Bridget Sanders del Blue Sky Resort, licenziarmi. "Merda."

"Che succede?" chiese Mason. Mi guardò dallo specchietto retrovisore.

Mi bruciavano le guance. Jaxson non fu felice quando imprecai davanti ad Izzie. Era una brutta abitudine che non riuscivo a togliermi.

"Mi hanno appena licenziata." Cancellai il messaggio e bloccai lo schermo, schiacciando il tasto laterale per impostare la modalità silenziosa. Non volevo sentire nessuno. Il mio umore si era annerito.

"Non posso credere che ti abbiano licenziata," disse Jaxson.

Lo sguardo di Mason incontrò il mio, poi la sua attenzione tornò alla strada. "Aspetta. Probabilmente non sanno cos'è successo, che sei stata rapita e quindi non sei potuta andare al lavoro. Non puoi incolparli per esserne all'oscuro. Sono certo che se parli col tuo capo, potrai riavere il lavoro."

Non mi importava di quello stupido posto o del lavoro. La paga era da fame, ma era un impiego. "Ne dubito. Mi hanno licenziata perché, a detta loro, avevo mentito nel mio curriculum dato che non avevo specificato il mio nome da sposata o il mio ex datore di lavoro." Mi passai una mano tra i capelli arruffati, tirando le ciocche con uno sbuffo. "Con parole sue, sono un disturbo troppo grande."

Mason e Jaxson si scambiarono un'occhiata silenziosa.

"Non finisce mai," sibilai. Le mie dita si conficcarono nel sedile di pelle. Come se quello fosse il mio peggior problema.

"Quegli uomini verranno a cercare i loro soldi." Non sarei mai riuscita a fare la consegna al tramonto.

Jaxson si girò verso di me dal sedile del passeggero. "Sei sotto la nostra protezione ora. Abbiamo intenzione di renderlo ben chiaro."

CAPITOLO VENTIQUATTRO

JAXSON

Mi ribollì il sangue quando scoprii che Ariella era stata licenziata dal Resort.

Era lei ad essere troppo per loro, troppo qualificata per pulire bagni e cambiare lenzuola.

"Sono sotto la tua protezione?"

Il mormorio di Ariella le si fermò in gola. Quasi non la sentii ma mi sforzai di ascoltare ogni parola.

"Certo." Non si era accorta di quanto contasse per me? Avevo sentimenti per una donna con molti segreti. Mi avrebbe mai lasciato entrare nel suo mondo?

Declan aveva inviato a me e a Lincoln le informazioni avute dal resort. Con filmati della sorveglianza che aveva analizzato ci mise poco ad identificare i due uomini che avevano attaccato Ariella al resort.

Venivano chiamati 'NoTech' e vivevano tutti insieme in comunità, appena fuori città.

Ne conoscevo qualcuno grazie al mio lavoro alla Eagle Tactical. Erano solitamente innocui, temevano le autorità ed erano dei reclusi che evitavano chiunque non fosse uno di loro.

In parole povere, erano loschi individui.

Perché se l'erano presa con Ariella?

Erano vittime dello schema di investimenti anche loro?

Non avevamo ancora delle risposte, e anche se sembrava che il suo ex marito fosse stato accusato ingiustamente, le prove puntavano a lui.

La C.I.A lo aveva incastrato? Volevano incastrare anche Ariella, e lei era scampata grazie ad un buon avvocato?

Mason prese l'uscita per casa mia. "L'accompagno dentro," disse. Mason lasciò acceso il motore mentre io scesi dal furgone non appena accostò.

Aprii la porta posteriore per Ariella e le porsi la mano. I suoi occhi fissarono la neve e la poltiglia mentre scendeva dalla macchina.

La strinsi a me e riuscii a sentire l'odore del fumo sui suoi vestiti e sulla sua pelle. Mi pizzicò il naso. Probabilmente, anche io avevo bisogno di una doccia.

"Vieni dentro." La condussi alla porta d'ingresso, l'aprii, disattivai l'allarme e la portai dentro.

Si tolse gli stivali invernali e poi la mia giacca, dandola a me. "Grazie per avermela prestata." disse.

L'energia accumulata mi fece dimenticare quanto freddo facesse fuori, come le mie dite fossero intorpidite. Indossai il cappotto, inspirando un mix del suo odore femminile e del fumo.

Skylar scese per i gradini e si fermò a metà scalinata, le dita sul corrimano. "Va tutto bene?"

"Sì. Grazie per aver badato a Izzie. Ariella rimarrà con noi." Non specificai quanto a lungo. Non ne avevamo parlato ma la sua casa era ormai un mucchietto di ceneri e non era una questione che si sarebbe risolta in un paio di giorni.

"Puoi portarla in camera mia e darle dei vestiti puliti. Vorrà farsi una doccia per darsi una pulita. Sai dove si trova la biancheria da bagno."

Skylar aveva passato abbastanza tempo a casa mia per sapere dove si trovassero le cose.

"Le faccio fare un giro" disse Skylar.

"Grazie," disse Ariella. Con passo silenzioso, si avvicinò alle scale, guardandomi da dietro la spalla. "Sarò qui al tuo ritorno."

"Non mi aspetto nient'altro. Imposto l'allarme. Non aprite la porta a nessuno, capito?"

"Sì," risposero all'unisono.

Volevo prendere Ariella tra le braccia, baciare via il dolore, la preoccupazione e i dubbi che aveva incisi sul volto. Invece, accesi l'allarme e uscii dalla porta, chiudendola a chiave.

Mason era sul furgone, le dita che tamburellavano sul volante. Il vento gelido mi colpì la schiena. Con un brivido raggiunsi la macchina.

"Pronto a rompere qualche culo?"

"Speriamo di non arrivare a tanto."

Mason fece inversione e tornammo sul passo.

Ci dirigemmo un miglio a nord, poi girammo bruscamente a sinistra su una strada innevata, troppo stretta per il furgone.

Rami sottili colpirono il furgone mentre guidavamo nella foresta fitta. A Mason sembrava non importare.

Se fosse stata la mia macchina avrei preferito camminare al gelo piuttosto che rovinare la verniciatura.

Mason mi lanciò un'occhiata mentre scendevamo. Eravamo solo noi due. Non eravamo lì per combattere; eravamo lì con un avvertimento.

Con la mano sulla fondina e Mason al mio fianco, camminammo sul vialetto in pietra coperto di neve.

I miei stivali calpestavano la neve, la poltiglia ammassata dai tanti veicoli che guidavano nella zona.

La comunità ospitava più famiglie di quante ne immaginassi. Ne conoscevo almeno sei che vivevano nel complesso, ma ce n'erano molte altre che non conoscevo.

La struttura esterna era fatta di legno e a prima vista, l'edifico appariva grande e moderno, un albergo in mezzo alla foresta. Probabilmente era stato costruito per una famiglia facoltosa molti anni prima. Era stato ridotto al minimo indispensabile, il ché non includeva acqua corrente, riscaldamento o elettricità.

E Ariella credeva che la sua baita fosse scarna.

Nonostante i NoTech avessero molto terreno e un tetto sopra le testa, dentro non c'era molto. Era il più basico possibile.

Ero entrato qualche volta e sperai di non doverlo rifare quel giorno. L'interno odorava di muffa e sporcizia, come una tendopoli in estate, puzzava di urina.

All'entrata principale, che era sempre aperta, la porta era abbandonata, probabilmente andata distrutta e mai sostituita, al suo posto si trovava una guardia con un fucile.

"È Jayden," dissi a voce bassa.

"Come vuoi giocartela?", chiese Mason, guardandomi con la coda dell'occhio.

"Veloce, ma con cautela. Non è lo stesso uomo dei vecchi tempi."

Eravamo nell'esercito, con Jayden. Fu un nostro compagno, ma ad un certo punto, dopo la guerra, avevamo perso i contatti. Faceva la guardia al complesso. Ho sempre pensato che sarebbe rimasto dalla parte giusta della legge, ma si rifiutò di venire a lavorare alla Eagle Tactical.

Non capimmo mai il perché.

Mi avvicinai a Jayden per primo, con Mason al mio fianco, pronto a difendermi.

Jayden non si mosse dalla sua posizione alla porta, rimanendo vigile. "Cosa porta i ragazzi della Eagle

Tactical qui oggi?" Mi squadrò, lo sguardo si posò sulla fondina. "Sei venuto armato?"

"Non lo faccio sempre?" Non andavo da nessuna parte senza la pistola.

"Siamo venuti per parlare con Ian Connor e Seth Rogers."

Mi era bastato uno sguardo ai video della sorveglianza per riconoscere quegli uomini. Erano dei bastardi, ma non erano strozzini o estorsori. Il fatto che avessero aggredito una donna, Ariella, non era il loro tipico modus operandi.

Jayden spostò il peso da un piede dall'altro. Lo presi come un segno di disagio, anche se la sua faccia non lasciò trasparire emozioni. "Di cosa?"

"I tuoi uomini hanno minacciato e aggredito uno dei miei," sibilai a denti stretti. Feci un passo avanti, una mano stretta in un pugno e l'altra che impugnava la pistola, che puntai in faccia a Jayden.

"Fammi entrare." Ero stanco dei suoi giochetti.

Mason si schiarì la gola e posò una mano sul mio braccio.

"Jaxson."

Il suo tono mi intimò di calmarmi.

Non eravamo lì per uno scontro a fuoco, ma gliene avrei fatto vedere uno volentieri se avessero osato anche solo guardare Ariella di nuovo.

"È un'operazione ufficiale della Eagle Tactical?" si informò Jayden.

Abbassai la pistola, diedi una spallata a Jayden che lo fece andare a sbattere contro lo stipite della porta.

Non aspettai un invito. Attraversai l'entrata principale. "Ian Connor! Seth Rogers!" gridai, avvisando quei bastardi che ero venuto a prenderli.

Mason era accanto a me. "Sei certo di volerlo fare?"

Non avrei lasciato accadere nulla alla *mia* ragazza. Avremmo fatto in fretta, dentro e fuori, e avremmo potuto tornare a casa e farla finita. Mi sarei buttato sotto la doccia, facendo scorrere l'acqua calda sul mio corpo e lasciando che lavasse i miei peccati.

Tutti.

Ian girò l'angolo, le mani nelle tasche dei jeans, le spalle ricurve. "Cosa porta voi ragazzi nella mia umile dimora?" chiese. Si avvicinò, appena fuori dalla mia portata, con la dovuta calma.

I miei occhi si strinsero, come quelli di un falco, fissi su Ian. "Il fatto che tu non abbia imparato come trattare una donna con rispetto," dissi.

Riposi la pistola nella fondina e lo presi per le spalle, strappando la stoffa sottile della sua maglietta. Lo forzai sulle ginocchia e alzai la gamba. Il mio ginocchio lo colpì al mento mentre mi scagliai contro di lui. Lo immobilizzai a terra, lui si dimenò per sfuggire alla mia presa.

"Levati!" Ian si dibatteva.

"Che c'è? Non ti piace essere picchiato? Avresti dovuto tenere le tue sudicie mani lontane dalla mia ragazza," ringhiai. Mi tirò un calcio, disarcionandomi e facendomi cadere. "

Bastardo!"

"Io? Tu ti presenti a casa mia," disse, ansimando, "e mi aggredisci?"

Ignorai le persone intorno a noi che ci guardavano lottare al centro come bestie feroci.

Si meritava una bella lezione per quello che aveva fatto ad Ariella. Volevo che si ricordasse il dolore.

"Ti serve una mano?" si offrì Mason. Inarcò le braccia al petto e torreggiò sopra di noi.

Sembrava si stesse godendo lo spettacolo. "Tieni gli occhi aperti per l'altro stronzo," borbottai.

"Lo sto già tenendo d'occhio." disse Mason. Il suo sguardo era su di lui, e io spostai gli occhi sulla parte opposta dell'enorme stanza, su Seth. Mason attraversò la stanza, e non ebbi bisogno di guardare per sapere che si sarebbe occupato di lui come io mi stavo occupando di Ian.

Strisciai il pugno e colpii Ian in faccia, stordendolo. Mi alzai. Non scherzavo per niente, quando ad un uomo c'era da dare una bella lezione.

"Quale donna vorrebbe mai un uomo come te?" chiese Ian, tirandosi in piedi. Si lanciò su di me, colpendomi allo stomaco, buttandomi indietro. Inciampai sul piede di qualcuno che stava aiutando Ian.

"Fottuti bastardi," ruggii e posai le mani sul pavimento per rialzarmi, quando mi accorsi che il mio fianco era gelido, la mia pistola sparita.

Mi guardai alle spalle per vedere la canna della mia pistola puntata contro di me, in mano ad Emma Foster, la madre biologica di mia figlia. La stessa donna alla quale avevo detto di lasciare la città.

Cosa cazzo ci faceva qui?

"Alzati." Emma aveva in mano la pistola. Le sue mani tremavano, mentre me la puntava contro.

Lentamente e con cautela, mi alzai, attento a non compiere movimenti bruschi. "Dammi la pistola." Le porsi la mano, aspettando che lei mi ridesse il controllo dell'arma.

La bruna dagli occhi castani che mi aveva sedotto una volta, non lo avrebbe fatto di nuovo.

"No." Si rifiutò di abbassare l'arma.

Così sia. Non sarei rimasto lì ad aspettare che mi sparasse, accidentalmente o meno.

A ripensarci, non sarebbe stato un incidente se fosse tornata in città per riprendersi Izzie.

"Ultima possibilità, Emma, o ti dovrò spezzare un dito." Almeno l'avevo avvertita.

Sbuffò. "Ce l'ho io la pistola, Jaxson," disse, ricordandomi che pensava di essere lei quella la comando.

Avevo addestramento militare di sopravvivenza. Con una prese leggera, quattro dita e senza usare il mio pollice, sbattei la mano destra sul suo polso. Con la mano sinistra, girai la pistola dal suo palmo e gliela puntai contro.

"Figlio di puttana!" gridò; l'avere il pollice sul griletto, le causò la frattura del dito.

"Ti avevo avvisata."

Dietro di me, la presenza imponente di Jayden risuonò, i suoi passi pesanti non esattamente silenziosi. "Allontanati!" gridai.

Jayden alzò le mani. "Sto solo controllando come sta la ragazza." Le passò un braccio attorno alle spalle, allontanandola dalla folla per prendersi cura di lei.

La rabbia mi montò dentro. Cosa ci faceva Emma alla comunità? Viveva lì adesso?

"Conosci Emma?" chiese Ian, un sorriso stampato sul volto, ancora dolorante dopo essere stato pestato a dovere.

"Certo che la conosci. Tutti la conosciamo. La ragazza fa dei pompini magnifici."

Mi gettai su di lui, buttandolo a terra e lottammo sul pavimento. I miei pugni lo colpirono al petto, uno dopo l'altro.

Non mi piaceva Emma, ma mi piaceva ancora meno il modo in cui Ian parlava di lei. "Imparerai a rispettare le donne."

"Io le rispetto. Rispetto che vogliano scoparmi." disse ridendo.

Ian sapeva esattamente cosa dire per innervosirmi. Sbatté violentemente la sua fronte contro la mia, facendomi indietreggiare e tirandomi un gancio sulla guancia sinistra.

Non mi aspettavo una mossa così.

Cazzo, che male.

Ridacchiando, mi spinse via.

Barcollai all'indietro. La testa mi pulsava, e anche se fossi pronto ad ammazzare di botte il suo culo rinsecchito, non eravamo lì per quello.

Eravamo lì con un avvertimento e un messaggio chiaro che lei era sotto la nostra protezione.

"Ariella è off-limits. Tu e i tuoi amici statele lontani, o ve la vedrete con la Eagle Tactical." Parlai forte e chiaro, così che tutti i NoTech potessero sentire che qualora se la fossero presa con lei, se la sarebbero presa con tutti noi.

"Bene, tieniti la tua piccola Ariella. Abbiamo Emma per divertici," disse Ian strizzandomi l'occhio.

Stava cercando di farmi infuriare.

Sferrai un altro pungo contro il suo petto. Lo colpii all'inguine con una ginocchiata e lo guardai piegarsi due e collassare per terra. Lo guardai, aspettando che si alzasse.

Sbuffò e si lamentò come un bambino. Era vivo e vegeto, e aveva appena scoperto quanto bruci una scazzottata.

Mason teneva Seth saldo in una presa al collo, il NoTech inginocchiato.

"Come avete scoperto l'identità di Ariella?"

Le mani di Seth cedettero e Mason allentò la presa per farlo rispondere.

Tossì e annaspò e si piegò in avanti, reggendosi sulle ginocchia. "Alla Capanna del Boscaiolo, Ian ed io abbiamo sentito due tipi parlare di lei, di come fosse piena di soldi. Emma aveva detto che sarebbe uscita con un'amica di nome Ariella. Abbiamo fatto due più due. Quante Ariella potevano esserci a Breckenridge?" Abbiamo fatto una ricerca su Google e abbiamo trovato il resto delle informazioni. Abbiamo pensato che sarebbero stati soldi facili e un nuovo inizio per tutti noi".

Mason lasciò lentamente la presa, buttando il criminale per terra.

Presi l'occasione per avanzare e mi accovacciai, prendendo la sua maglietta tra le mani, fissandolo. Ignorai il suo olezzo, l'odore di piscio e sporcizia mi bruciò le narici. "Ariella è sotto la nostra protezione. Se anche solo doveste guardarla nel modo sbagliato, vi ritroverete in una tomba senza nome."

"Siete stati avvisati," disse Mason, in piedi accanto a me. "La prossima volta non saremo così gentili." Mi diede una pacca sulla spalla, segnale silenzioso che avevamo finito e di lasciare libero il bastardo.

La folla si disperse, non più interessata allo scontro. Non vidi Emma. Jayden la stava probabilmente medicando.

Con il nostro messaggio lanciato forte e chiaro, lasciammo il complesso e ci dirigemmo verso il furgone.

"Senti," dissi, entrando nell'abitacolo, "con quello che è successo stanotte, il fatto che Emma fosse al complesso, fammi un favore, non diciamolo ad Ariella. Loro sono amiche e non voglio complicare ancora di più la situazione."

Ariella era delicata, e anche se aveva affrontato l'inferno, non volevo che affrontasse e dubitasse dell'amicizia di Emma. Era compito mio, non suo.

Mason accese il motore e diede gas. "Non è che ci beviamo insieme il caffè tutte le mattine. A proposito, sono sorpreso che tu non abbia detto che potrebbe farci comodo una persona come lei nella squadra: ex-C.I.A., tecniche di sorveglianza, e le serve un lavoro."

"Ci avevo pensato." Non ero sicuro che i ragazzi avrebbero approvato. Eravamo sempre alla ricerca di talenti e persone fidate.

"Parlerò con gli altri, ma credo che si possa fare ad una condizione."

Ed ecco qui, la fregatura che mi affossò lo stomaco. "Sarebbe?"

Nel profondo, conoscevo già la risposta. Eravamo co-proprietari, io e i ragazzi della Eagle Tactical. Sarebbe stata nostra dipendente.

"Voi due dovrete essere professionali. Se lavorerà per noi, tu sarai il suo superiore. Non puoi andare a letto con lei senza aspettarti che le cose si complichino ancora di più," disse Mason.

Strinsi la mascella. Non mi piacevano le sue stupide regole, ma aveva ragione. Dovevo pensare al team e ad Ariella, a quello che era meglio per loro, non per me. "Solo amici."

Potevo lasciarla andare solo perché era nel suo miglior interesse? Il pensiero mi lacerò dentro. L'idea di una relazione era ancora più pericolosa. Lei sarebbe rimasta in ufficio, io sarei stato sul campo e non potevamo permettere che i nostri sentimenti ostacolassero le missioni.

Gli sbagli si pagavano con la vita.

Le distrazioni erano letali.

"Già." Mason mi lanciò un'occhiata mentre prendevamo l'uscita verso casa mia. "Riuscirai a tenertelo nei pantaloni finché vivrete insieme?"

CAPITOLO VENTICINQUE

ARIELLA

Ogni centimetro della casa odorava di Jaxson, un profumo intenso e muschiato. Mi stuzzicò il naso.

Le enormi finestre di vetro davano sulla foresta e mentre calava la notte, non si vedeva quasi nulla del paesaggio.

Chi risaliva la montagna poteva vederci?

Jaxson non si era raccomandato di spegnere le luci o di tirare le tende. Aveva inserito l'allarme per la casa. Eravamo al sicuro. Dovevo convincermene, o non sarei mai riuscita ad ambientarmi.

"Vieni," disse Skylar, risalendo le scale.

"Papà?" Izzie girò l'angolo. I suoi occhi si illuminarono quando mi vide. Squittì e saltò, gli occhi grandi e le guance rosee. Alzò le braccia in aria per farsi prendere in braccio e io mi abbassai, stringendola al petto.

"Il tuo papà tornerà a casa presto," dissi. Mi strinse forte, il mio corpo si sciolse, a contatto con la sua innocenza.

Il suo mondo era protetto grazie a Jaxson. Non aveva idea dei pericoli del mondo e di quali orrori fossero capaci gli uomini.

"Giochiamo?", la sua mano strinse forte la mia, trascinandomi verso la sua stanza. Dovevo lavarmi, vestirti, darmi una ripulita ma non potevo dirle di no.

Skylar si mise in mezzo a noi, staccando la mano di Izzie dalla mia. "Isabella, sono certa che Ariel abbia di meglio da fare."

"Sei la Sirenetta?" Izzie iniziò a saltellare, battendo le mani. "Sai cantare? Ha la coda?"

Perfetto. Ora avrei dovuto deludere la bambina. La mia voce era terribile e di certo non avevo una coda da sirena, o qualsiasi altro tipo di coda qualsiasi. "Non canto bene come Ariel," dissi.

Mi girai verso Skylar. "Il mio nome è Ariella."

"Certo, come vuoi," scrollò le spalle e mi guardò, "è quello che ho detto."

"No, non lo è." Mi pizzicai la pelle tra le sopracciglia, troppo esausta per mettermi a discutere. Feci cadere la mano e incrociai le braccia al petto.

Qual era il suo problema?

La luce negli occhi di Izzie fu sufficiente e calmarmi i nervi e il sangue bollente. Mi abbassai al suo livello, guardandola negli occhi. "Mi piacerebbe tantissimo vedere camera tua."

Izzie mi afferrò la mano e mi trascinò per il corridoio. Corse dentro la stanza e rimase lì aspettarmi.

Accesi la luce e vidi un'enorme quantità di sirene dappertutto. Mi coprii la bocca con la mano per non mostrare il sorriso che apparve sulle mie labbra e cercai di non scoppiare a ridere.

La ragazza era ossessionata dalle sirene.

I muri erano celesti con bolle bianche e rosa. Vicino alla finestra, la coda di una sirena brillava, con luccicanti sfumatura acquamarina e un sottile contorno argentato. "L'ha dipinta il tuo papà la stanza?"

Impressionante era un eufemismo. Qualcuno dalle grandi doti artistiche aveva dato vita alla sua camera.

"Guarda su!" Izzie indicò le stelle sul soffitto e spense le luci, mostrandomi che brillavano al buio come il contorno della coda da sirena.

"Wow."

Skylar premette l'interruttore e rimase all'ingresso. "È particolare," disse. "Troppo da ragazzina per i miei gusti."

"Meno male che non è la tua stanza, allora." Avrei dovuto trattenermi probabilmente, ma non mi piaceva il modo in cui Skylar parlava di Izzie, e nemmeno il suo comportarsi come se lei non riuscisse a capire. Isabella aveva tre anni, ma i bambini sono intelligenti.

Riescono a capire tutto.

"Pronta per il giro?" Skylar si studiò le unghie, lo sguardo basso sulle sue mani.

"Torno subito" dissi a Izzie e seguii Skylar in corridoio per il giro più corto possibile.

Aprì la porta della camera di Jaxson. "L'armadio è nell'angolo e accanto c'è la porta del bagno. Ti prendo un asciugamano."

"Grazie."

Mi passò accanto e mi urtò la spalla. Mi morsi le labbra per trattenere un gemito dolorante.

La ragazza non sapevo cosa avessi passato, e non glielo avrei di certo raccontato.

Mi odiava. Non sapevo perché.

Era perché ero stata a letto con Jaxson? Lo sapeva? Perché le importava?

La camera era buia e accesi l'interruttore, una luce calda si irradiò dal lampadario a ventola sul soffitto.

Il suo letto matrimoniale era appoggiato al muro accanto alla finestra, rifatto, le coperte perfettamente piegate e i cuscini morbidi. Volevo sdraiarmi, accoccolarmi sotto le coperte ma non potevo invitarmi nel suo letto.

Mi aveva offerto di rimanere a casa sua, non nella sua stanza.

Mi morsi il labbro inferiore. Perché se n'era andato senza nemmeno salutarmi la notte passata?

Nessun biglietto. Nessuna chiamata o messaggio. Non potevo pensarci adesso.

Le mie palpebre calarono, stremate dagli eventi della giornata.

Aprii un cassetto, erano di un robusto e pesante legno di quercia. Il vano si aprì, rivelando i suoi boxer e le calze.

Era troppo intimo dopo una sola notte insieme che non era neanche finita con un risveglio uno accanto all'altra. Chiusi il cassetto e provai con quello successivo, prendendo una maglietta rosso scuro dell'università, con la scritta *Montana Grizzlies*.

Con la mano stretta sulla maglietta, me la portai al viso. La stoffa soffice mi accarezzò la guancia mentre inspiravo il *suo* odore. Anche se l'intera stanza aveva il suo profumo, quello sulla maglietta era più forte, muschiato e mi aggrappai ad esso.

Skylar attraversò il corridoio e col suono dei suoi passi in avvicinamento, misi via la maglietta.

Mi tirò un asciugamano, morbido e dal profumo di menta.

"Grazie," presi in mano la tovaglia, sorpresa che non mi avesse portato una salvietta o uno straccio dicendomi che non ve ne fosse altro di pulito.

Con l'asciugamano morbido in mano e la presa salda sulla maglietta, quasi crollai. Nessuno mi avrebbe visto cedere, di certo non una ragazza che avevo conosciuto cinque minuti prima e che non voleva avere nulla a che fare con me.

Aprii un altro cassetto con due pantaloni della tuta e presi il primo paio, prima di scappare nel bagno. Accesi la luce e sbattei la porta alle mie spalle.

Mi si strinse il petto. Era come se stessi annegando, l'aria che non riusciva a penetrare nei miei polmoni.

Mi spogliai e appallottolai i vestiti prima di entrare nella vasca. La stanza girò, i miei piedi instabili sotto di me. Il muro mi sorresse, la mia schiena appoggiata ad esso, i miei respiri erano lunghi ma poco profondi, annaspavo.

La mia vista si annebbiò. Allungai il braccio oltre la vasca, tirai la tenda e accesi la doccia.

L'unica cosa che contava era togliermi di dosso tutta la sporcizia schifosa di quei bastardi.

Mi toccai le braccia, sfregando con le mani fuori dalla vasca. L'acqua era tiepida. Aumentai la temperatura.

Dovevo cancellare tutto, distruggere il lerciume che era penetrato nella mia carne.

Con il palmo all'insù, provai l'acqua, felice di trovarla bollente. Il vapore coprì lo specchio e io entrai nella vasca. L'acqua piovve.

Con le nocche bianche, agguantai la saponetta, sfregandola contro la mia pelle. Dovevo rimuovere la loro sporcizia. Mi lavai più volte - il calore della doccia lasciò il mio corpo arrossato.

Non era abbastanza. Lo sporco non se andava. Il vapore nel bagno mi annebbiò la vista mentre risaliva nell'aria.

Fumo.

La saponetta mi scappò dalle mani e cadde nella vasca. Mi abbassai per raccoglierla, le mie ginocchia piegate, l'acqua che scrosciava sulla mia testa e sulla schiena.

Mi tremarono le mani. Lacrime calde inondarono i miei occhi e iniziarono a cadere; l'acqua della doccia, mischiata alla mia sconfitta, scivolava nello scarico. Avvicinai le ginocchia al petto. L'acqua mi cadeva addosso, calda contro il mio corpo.

L'odore del fumo arrivò come un getto di aria fredda. Rabbrividii e seppellii il mio viso tra le ginocchia.

Vento freddo mi sfiorò la pelle, che si accapponò sotto il getto d'acqua. Sentii un'ombra, un corpo in piedi davanti a me. I singhiozzi mi scossero.

"Lentiggini." Anche se potevo sentire la sua voce, non riuscii a muovermi.

La doccia si spense e un'asciugamani morbido e caldo mi cinse le spalle.

Girai leggermente la testa per guardarlo, per vedere che fosse reale e non un'allucinazione.

"Usciamo dalla doccia," sussurrò. La sua voce forte riecheggiò nel bagno ma non riuscì a farmi uscire dalla mia testa. "L'acqua è gelida."

Non mi ero accorta che la temperatura si fosse abbassata. Battei i denti.

Senza forze, non riuscivo a parlare. Non riuscii neanche a muovermi, solo a tremare fuori controllo.

Lacrime sgorgavano, passando dalla mia anima alle mie guance. Il telo caldo non era più di alcun conforto mentre il calore del mio corpo di disperdeva.

Jaxson mi prese tra le sue braccia.

Volevo avvolgere le mie braccia al suo collo, ma richiedeva più forza di quanta ne avessi.

Le mie palpebre si abbassarono mentre appoggiai la testa bagnata contro la sua maglietta.

Odorava di fumo e il mio naso pizzicò mentre inalavo il suo odore.

"Devo asciugarti."

Mi tenne con forza e mi sorresse gentilmente davanti a lui, i miei piedi sul tappetino morbido del bagno. Guardai il bordeaux che si abbinava al colore della mia pelle. Livida, colpita, martoriata.

Il suo tocco era leggero e gentile, mi tenne in piedi quando barcollai. Una mano rimase sul mio fianco, mentre l'altra mi asciugò con l'asciugamano color menta.

Volevo chiedergli perché avesse asciugamani verdi e tappeti rossi. Mi sembrò strano ma le parole non raggiunsero le mie labbra. Ero ancora prigioniera nella mia mente.

Ad ogni colpo con l'asciugamano, io barcollavo.

"Okay, abbiamo quasi fatto. Ti metto questo e poi ti porto a letto," disse Jaxson, spiegando tutto quello che stava facendo.

Si sedette sul gabinetto e mi avvicinò a sé. Ogni passo sembrava durare minuti nella mia testa, avevo la visione a tunnel, uno spiacevole effetto collaterale che provavo di tanto in tanto.

Mi fece avvicinare al gabinetto, le mie gambe tra le sue, tenendomi in piedi mentre faceva passare la sua maglietta dell'università sulla mia testa e le mie braccia, facendola cadere sui miei fianchi.

"Credo che i pantaloni siano troppo sforzo per te adesso."

Mi guardò.

A cosa stava pensando?

Era disgustato dalla mia incapacità di fare niente eccetto collassare?

CAPITOLO VENTISEI

JAXSON

Sollevai Ariella tra le mie braccia e la portai dal bagno al mio letto. Delicatamente, la stesi sul materasso e l'aiutai a mettersi sotto le coperte.

"Lentiggini?"

Mi si strinse lo stomaco, c'era preoccupazione nella mia voce. "Stai bene?"

Non stava bene. Solo un idiota avrebbe fatto una domanda tanto stupida.

Mi misi sopra le coperte. Il mio corpo si rannicchiò vicino al suo. Era calma, immobile sulla sua schiena, avvolta dalle coperte.

Respirai il suo profumo e chiusi gli occhi, sorridendo ma interiormente, diviso in due.

Come avrei fatto a vivere con lei e a mantenere la relazione platonica? Non volevo che la scorsa notte fosse solo una scappatella, ma se non potevamo nemmeno stare insieme...no, non volevo finire il pensiero.

Le baciai la guancia e mi alzai.

In silenzio, uscii dalla camera, presi una tovaglia dall'armadio e tornai indietro cercando di evitare Skylar.

Non volevo avere a che fare con lei stasera. Non ce l'avrei fatta a rispondere alle sue domande e sostenere lo sguardo di disapprovazione sul suo volto.

Presi il telefono dalla tasca. Dei messaggi comparirono sullo schermo.

I miei occhi percorsero lo schermo, le lettere si confusero insieme. Avrei letto dopo.

Mi spogliai e gettai i vestiti sudici nel bidone della biancheria. Feci del mio meglio per tenere il rumore al minimo, entrai in bagno lasciando la porta socchiusa. Se avesse avuto bisogno di me, volevo poterla sentire. Iniziai la doccia e con piacere notai che l'acqua si era scaldata di nuovo.

Lavai via fumo, sangue e sporcizia nello scarico, lasciando che l'acqua mi sommergesse come se non esistesse nient'altro.

Una mano si posò sulle piastrelle fredde mentre l'acqua mi cadeva sul viso e sul petto, inondandomi dentro e fuori. I miei occhi bruciavano, misi il viso sotto il getto bollente un'altra volta. Mi stropicciai gli occhi e finii la mia doccia.

Quando terminai, indossai un paio di boxer e mi sedetti sul bordo del letto, prendendo il telefono.

Non sarei riuscito a dormire senza sapere cosa mi fosse stato inviato.

Lincoln aveva scritto un messaggio: *Se riesci a tenertelo nei pantaloni, lei è assunta. Non fraternizzare con i dipendenti.*

Il messaggio era stato inviato a tutta la Eagle Tactical. Ovviamente i ragazzi avevano discusso la sua assunzione. Supposi che ci fosse Mason dietro, dopo la discussione che avevamo avuto in macchina.

Avrei dovuto sentirmi sollevato, ma non fu così.

Combattuto, ferito, il desiderio crescente dentro di me avrebbe dovuto essere represso... Dovevamo mantenere una relazione platonica.

Avevano ragione, era la cosa migliore. Se lei avesse vissuto sotto il mio tetto, non potevamo avere una relazione e lavorare insieme, non se fossi stato il suo capo.

Riguardava *lei*. Era nel suo interesse. Ariella veniva prima di tutto.

Mi infilai sotto le coperte accanto a lei. Sarebbe stata l'ultima notte che avremmo passato nello stesso letto.

L'indomani, avrei dovuto mostrarle la stanza degli ospiti, ma stanotte, mi sarei goduto il calore del suo corpo e il suo profumo dolce.

Quando cinsi la sua vita con le braccia, Ariella non si mosse. Era serena e addormentata e sperai che i sogni le portassero un po' di pace.

———

"Papà!"

Lo squittio di Izzie mi strappò al mondo dei sogni.

La luce del sole filtrava dalle tende. Seppellii il viso nel cuscino. Era l'alba. Non ero pronto ad affrontare la giornata, ma la mia scimmietta si assicurò che sapessi che ore fossero.

Mi stropicciai gli occhi e mi accorsi che Ariella era ancora addormentata accanto a me. Portai un dito alle labbra, facendo segno ad Isabella di fare silenzio,

Scesi dal letto e il freddo del pavimento mi fece rabbrividire.

Gli occhi di Izzie erano spalancati e brillanti. La seguii fuori dalla camera e chiusi la porta, tenendola con una mano per non farla sbattere.

Lei mi strinse la mano e io presi la mia scimmietta tra le braccia, portandola di sotto.

"Colazione?"

"Sì, ti preparo la colazione", gracchiai.

Cercai di fare piano per non svegliare Skylar.

Quando se ne sarebbe andata?

Izzie si liberò dalla mia presa, la feci sedere al bancone. "Pancakes, papà?"

Aprii la dispensa e tirai fuori la miscela per pancake e una ciotola. "Sì, ti preparo i pancake stamattina." Le diedi un bacio sulla guancia.

Passi silenziosi scesero gli scalini. Se conoscevo Skylar, avrebbe dormito fino al pomeriggio. Anche se ieri sera non fosse rimasta sveglia fino a tardi per badare a Izzie, a meno che fosse stata costretta, non si sarebbe svegliata prima.

"Buongiorno," salutò Ariella, la voce dolce. Era come musica per le mie orecchie.

Potevo abituarmi a questo, ma le cose dovevano cambiare. " 'Giorno." risposi. Il mio tono fu più rude di quanto avessi voluto.

Alzò un sopracciglio e io le sorrisi, non volevo allarmarla.

"Stai meglio."

Il suo sguardo si abbassò sul pavimento, un leggero rossore sulle guance. Ariella si mordicchiò il labbro inferiore, evitando il mio sguardo.

Volevo avvicinarmi e alzarle il mento per incontrare i suoi occhi.

I ragazzi avevano ragione, dovevo mantenere le cose platoniche tra di noi. "Ho una buona notizia. Vuoi sederti?"

Si sedette sullo sgabello del bancone, accanto a Izzie. Sospirò piano, prima di alzare gli occhi su di me.

Misurai la miscela per pancake prima di aggiungerla alla ciotola e poi misurai l'acqua.

"Certo," disse, mettendosi comoda. Quando non menzionavo la notte passata e di lei rannicchiata sotto la doccia, sembrava rilassarsi.

Aprii il cassetto e presi un cucchiaio che posai sul bancone. "Ho parlato con i ragazzi ieri sera." Tecnicamente solo con Mason, e Lincoln aveva risposto a nome della squadra, ma non era necessario elaborare.

"Oh?" Si strofinò i palmi sulle gambe nude.

La mia maglietta le arrivava alle ginocchia, come un vestito. Nuotava nella mia maglietta e sapere che sotto non indossasse l'intimo mi fece battere il cuore all'impazzata.

La cucina sembrò più calda del solito. Dovevo ringraziare Ariella per questo; il mio corpo rispondeva alla sensualità e tutto quello che lei doveva fare era sedersi innocentemente su uno sgabello, ascoltandomi.

"Sì. Vorremmo invitarti a lavorare per la Eagle Tactical," dissi.

Gli occhi di Ariella si illuminarono. "Davvero?"

"Sì."

Isabella prese il cucchiaio dalla mia mano prima che potessi iniziare a mescolare gli ingredienti. Voleva aiutare.

"Ci sono un paio di cose che dobbiamo discutere, riguardo la tua assunzione."

Lasciai a Izzie il cucchiaio e le avvicinai la ciotola. Se voleva aiutare, che lo facesse. Mi serviva tutto l'aiuto possibile, il mio stomaco era teso.

Il mio cuore martellava contro la mia gabbia toracica. Era così che Ariella si sentiva ogni giorno?

La sua lingua accarezzò il suo libro superiore e arrotolò le labbra contro la bocca.

"Sì?" Il suono più morbido e timido che avessi mai sentito, uscì dalla sua bocca. Ariella era angelica e anche se sapevo che era stata con la C.I.A., capii anche che non era un'agente sul campo. La sua responsabilità col nostro team sarebbe stata in ufficio, dove sarebbe rimasta al sicuro.

"Vorrei che rimanessi qui, sotto il mio tetto, almeno finché non ti sarai sistemata." Non volevo che pensasse che la stessi buttando fuori o che non si sentisse la benvenuta con quello che avrei dovuto dire dopo.

Il suo sguardo si spostò da me a Izzie. "Okay." Dopo un po', puntò gli occhi su di me.

"È tutto?"

Avrei voluto che quello fosse tutto ciò che avevo da dire, ma i ragazzi avevano ragione. Per proteggere Ariella, dovevo metterla al primo posto. "Dobbiamo mantenere la nostra relazione platonica. Sarò il tuo superiore alla Eagle Tactical."

Uno sbuffo d'aria uscì dalle sue labbra. Il suo viso era pallido come quello di un fantasma. "Oh."

Sorrise, le labbra contratte e gli occhi stretti. "Certo. Va bene. Non mi aspettavo un trattamento di favore. Non sarebbe giusto nei confronti dei tuoi dipendenti".

Scese dallo sgabello e si passò una mano tra i capelli scompigliati.

"Dovrei trovare qualcosa da mettermi. Non è appropriato indossare solo una maglietta davanti al mio capo."

Non mi importava, anzi mi piaceva parecchio, ma dovetti lasciarla andare. "Sentiti libera di prendere quello che ti serve dal mio cassetto. Possiamo andare in città più tardi a comprare dei vestiti nuovi."

Si strofinò gli occhi.

Pregai che non stesse per piangere.

Si mosse sui piedi e indicò alle sue spalle, dove si trovavano le scale dalle quali era appena scesa. "Prendo qualcosa dal tua cassetto e mi levo dai piedi."

Ariella si girò per fuggire da me, ma non lo avrei permesso.

Mi spostai dal bancone e la presi per la vita. La girai verso di me, una mano sul suo fianco e l'altra tra i capelli.

Volevo baciarla, stringere il suo corpo al mio e far scivolare il ginocchio tra le sue cosce.

Lo sguardo nei suoi occhi, i nostri respiri si unirono, pesanti e profondi.

"Credevo dovessi mantenere le cose professionali...", sussurrò Ariella, senza fiato.

Odiavo i ragazzi. Con che facilità si erano messi tra la donna che desideravo e il mio lavoro.

Lo stavano facendo per proteggere tutti noi, ma allora perché era un inferno?

Perché dovevo scegliere? Potevo avere entrambi, solo non nel modo in cui avrei voluto.

Il bisogno mi inondò, prese il completo sopravvento.

Mi abbassai, chiedendo un ultimo assaggio, un bacio, una scopata rude se me l'avesse concessa.

Ariella posò una mano sul mio petto. Il mio cuore picchiava contro il suo palmo.

"Non possiamo farlo. Ho bisogno del lavoro, voglio lavorare per la Eagle Tactical," disse, guardandomi con quei potenti occhi verdi. "È un sogno che si avvera."

Io volevo far parte dei suoi sogni, quelli sporchi che includevano fare di lei quello che volevo sulla mia scrivania. "Sei sempre quella più sensibile," dissi, incapace di distogliere lo sguardo da lei.

Da qualche parte tra l'averla trovata per strada e averle salvato la vita, mi ero innamorato di lei, perdutamente.

EPILOGO

Hazel

Se avessi saputo cosa mi aspettasse questa mattinata, sarei scappata.

"Vieni con me." Nikolai mi afferrò il braccio e la sua presa mi marcò la pelle, lasciando un livido.

"No." Cercai di liberarmi dalla sua stretta. "Lasciami andare. Non vado da nessuna parte con te." Solo perché eravamo legati dal sangue, non significava che avrei dovuto sottostare alle *sue* regole.

Nikolai Agron, il capo della mafia russa, era il mio stupido fratellastro.

"L'accordo è già stato preso. Si prenderà cura di te e tu gli darai dei figli."

"Non sposerò qualcuno solo perché tu lo hai programmato." In quale secolo pensava che fossimo? Era impazzito?

"Farai quello che ti dico, Hazel." Il modo in cui disse il mio nome mi fece rabbrividire.

Torreggiò sopra di me e mi prese per i capelli.

Strattonando i miei lunghi riccioli, portò il mio viso al suo. "Sposerai Franco Ivanov e gli obbedirai."

Sbuffai alla sua idea di matrimonio e appena mollò la presa sui miei capelli, gli sputai in faccia. "Non sono tua da poter dare via o vendere." Mi schiaffeggiò in pieno viso.

"Io ti possiedo! Non dimenticarlo mai, sorellina."

———

Grazie per aver letto *Svelato: Jaxson*!

Spero ti sia piaciuto leggere di Ariella e Jaxson.

La loro storia continua in INVISIBILE: MASON!

Venduta alla mafia. Non sono altro che una proprietà qualsiasi per mio fratello. Costretta a un

matrimonio combinato. Chiedo l'aiuto della Eagle Tactical.

Ariella

Mi sono trasferita da Jaxson, dopo l'attacco. È difficile non mettergli le mani addosso, ma è il mio capo. Mi ha dato un lavoro alla Eagle Tactical come sua subordinata.

Non mi piace prendere ordini, specialmente da un burbero capo stronzo.

Jaxson

Ho giurato di proteggere Ariella. Lei significa molto per me, ma mi irrita la sua attitudine da saccente e il suo sfacciato ancheggiare che mi manda su di giri tutto il corpo.

Ho promesso di non avere mai avventure di una notte. È questo ciò che pensa abbiamo condiviso?

È per questo che mi odia?

Non so... per quanto ancora riuscirò a svegliarmi sotto lo stesso tetto, andare a lavoro con lei, e non sbatterla sul letto?

Abbiamo una missione che ha la priorità, ma come posso concentrarmi sul lavoro quando lei è sempre nella mia stessa stanza, e io voglio piegarla sulla scrivania?

Clicca ora INVISIBILE: MASON!

E iscriviti alla mia newsletter per essere sempre aggiornato su nuovi libri, concorsi, e regali:

www.authorwillowfox.com/subscribe

Apprezzo il vostro aiuto nel far girare la voce, anche solo parlandone ad un amico. Le recensioni aiutano i lettori a trovare i libri! Per favore, lasciate una recensione sul vostro sito di libri preferito.

OMAGGI, LIBRI GRATIS E ALTRE CHICCHE

Spero ti sia piaciuto SVELATO e spero continuerai il viaggio con Jaxson, Ariella e il team della Eagle Tactical.

Iscriviti alla newsletter di Willow Fox

Se ti è piaciuto SVELATO, per favore prenditi un minuto per lasciare una recensione. Le recensioni aiutano altri lettori a scoprire i miei libri.

Non sapete cosa scrivere? Non c'è problema. Non deve essere lunga. Potete raccontare come avete scoperto il mio libro: è stato consigliato da un amico o ne avete sentito parlare al gruppo di lettura? Fate sapere ai lettori chi è il vostro personaggio preferito o cosa vorreste che accadesse dopo.

Grazie per aver letto! Spero che prenderete in considerazione l'idea di iscrivervi alla mia mailing list per ricevere libri gratuiti, promozioni, omaggi e notizie sulle nuove uscite.

L'AUTORE

Willow Fox ama la scrittura da quando andava al liceo (molte ere fa). I suoi romanzi, ambientati in provincia, riflettono la vita delle piccole città dell'America rurale.

Che stia scrivendo romanzi romantici o sia seduta all'aperto accanto al fuoco a leggere un buon libro, Willow adora avere tra le mani pagine colme di parole scritte.

Sogna il colpo di fulmine e spera di farlo scattare nei suoi lettori!

Visita il suo sito web:

https://authorwillowfox.com

Fratelli Bratva

Boss Brutale

Capo Malvagio

Capo Possessivo

Capo Ossessivo